万葉集に出会う

大谷雅夫
Masao Otani

岩波新書
1892

はじめに

いま、この本を手に取ったあなたは、いつごろから万葉集をご存じだろうか。万葉集の歌にはじめて出会ったのは、いくつのとき、それはどの歌だっただろう……。

いま、この本を書きはじめたわたくし自身は、よほどぼんやりした子どもだったのか、学校の授業でこの古代の歌集のことを教わり、何首かの歌を習ったに違いないが、それがいつだったか、どんな歌だったか、まるで覚えがない。

どの小学校でも国の定めた同じ教科書が用いられた時代のこと、昭和八年から十五年までの国語教科書は、「サイタ　サイタ　サクラ　ガ　サイタ」ではじまる第四期の国定国語《こくていこくご》読本《とくほん》であった。その全十二巻の最終巻、つまり六年生後半用の読本に、万葉集の短歌と長歌を引用し、解説する八ページほどの文章があらたに採用された。その冒頭の一文を、漢字、仮名づかいをそのままに引用してみる。

> 今を去る千二百年の昔、東國から徴集されて九州方面の守備に向かつた兵士の一人が、
>
> 　今日よりはかへりみなくて大君のしこの御楯《みたて》と出立つわれは
>
> といふ歌をよんでゐる。

ここに引かれる防人《さきもり》の歌（巻二十・四三七三）は、今日からは、うしろをふりかえることなく、粗末ながらも、天皇をおまもりする楯となって国を出るのだと、万葉集の歌には珍しく勇猛な心をうたうものである。近づく戦争の影は、すでに教室の中にも及んでいた。

十六年から二十年までの国民学校の初等科国語にも、この文はほぼ同じかたちで収められる。敗戦の後のいわゆる墨塗《すみぬ》り教科書では、右に続く二ページ以上が墨で塗りつぶされてしまうのだが、それはともあれ、その頃、日本の教育を受けた子供は、だれもが六年生で万葉集を習ったのである。

戦後すぐに文部省が作った暫定教科書（昭和二十一年）では、墨塗りの部分を削除した形の文章が載せられたものの、第六期（同二十二年〜二十四年）の教科書ではそれも消えてしまう。そして、そののち各出版社の作った教科書が検定をうけて使われるようになると、多くの小学国語教科書から万葉集の歌がなくなる。万葉集の単元は、中学三年生の国語に移された。

石《いは》ばしる垂水《たるみ》の上のさわらびの萌《も》え出《い》づる春になりにけるかも

はじめて教わった歌はこれだと思い出したかたがいるかも知れない。とくに昭和後期の中学三年用国語教科書の多くにはこの歌が載せられた。万葉集の単元そのものに「さわらび」という表題をかかげる教科書さえあった（『新編 新しい国語 三』東京書籍、昭和四十一年）。

万葉集を代表する歌とされたのである。
この歌がひろく愛された万葉歌だったことは、次の二人の証言によっても確かめることができる。
小説家、司馬遼太郎氏の思い出である。

みじかい青春でした。あとは、軍服の生活でしたから。ただ軍服時代二年間のあいだに、岩波文庫の『万葉集』をくりかえし読みました。「いはばしる　たるみのうへの　さわらびの　もえいづるはるに　なりにけるかも」。この原初のあかるさをうたいあげたみごとなリズムは、死に直面したその時期に、心をつねに拭《ふ》きとる役目をしてくれました。
（「学生時代の私の読書」『以下、無用のことながら』文春文庫）

そのころ、東京から田舎に疎開していたある少女も同じ歌をくりかえし読んでいた。後年、彼女は子ども時代の読書をふりかえって、人として避けようのない深い悲しみを本によって教えられたいっぽうで、心がわきたち、生きていることに感謝したくなるような喜びも読書から得られると知った経験を次のように語る。

初めてこの意識を持ったのは、東京から来た父のカバンに入っていた小型の本の中に、一首の歌を見つけた時でした。それは春の到来を告げる美しい歌で、日本の五七五七七の定型で書かれていました。その一首をくり返し心の中で誦していると、古来から日本人が愛し、定型としたリズムの快さの中で、言葉がキラキラと光って喜んでいるように思われました。詩が人の心に与える喜びと高揚を、私はこの時初めて知ったのです。

（美智子『橋をかける　子供時代の読書の思い出』すえもりブックス）

ある国際会議に皇后として招待された時のビデオ講演の一節である。具体的なことには何も触れられていないが、どうやらその歌は古い時代の短歌だったらしい。古い短歌で、春の到来をキラキラ光る言葉で喜ぶ作と言えば、万葉集の「さわらび」の歌のほかには考えられない。「小型の本」とは、司馬氏と同じ岩波文庫かも知れないが、岩波新書の齋藤茂吉著『万葉秀歌』だったのではないか。その下巻のさいしょに「さわらび」の歌があった。*

少女は、ふと目にとまったその歌をくりかえし口ずさんで、詩歌が人に生きる喜びを与える力をもつことに気づいたのである。

＊　以上の推測、ふと不安になり、もしやとインターネットであれこれ検索したところ、「チューさんの野菜ワールド　第十七話　皇后様と早蕨」という文章が見つかった。この講演の喜びの歌を志貴皇子の「さわらび」の歌と直感した「チューさん」こと農学者廣瀬忠彦氏が、「でも勝手な推察はするべきではないと考えて、宮内庁にお尋ね状を送」ったところ、「皇后様側近の方から電話があり」、「皇后様のお言葉」として、「喜びの歌は、萬葉集のなかの志貴皇子(しきのみこ)の早蕨のお歌、小さい本というのは斉藤茂吉(さいとうもきち)著「万葉秀歌(まんようしゅうか)」です」(原文のまま)と伝えられたことを述べる。(http://chusan.info/mukashi7/317kogosamatosawarabi.htm)

あるいは、自分が初めて出会った万葉の歌は柿本人麻呂《かきのもとのひとまろ》の「かぎろひ」の歌だったと思いだす方もいるだろうか。

東《ひむかし》の野にかぎろひの立つ見えてかへりみすれば月かたぶきぬ

これは先の国語読本の万葉集の章の続きに出てくる歌である。その解説に次のように言う。

人麿の歌である。文武天皇がまだ皇子であらせられた頃、大和《やまと》の安騎《あき》野で狩をなさつた。人麿も御供に加つた。野中の一夜は明けて、東には今あけぼのの光が美しく輝き、ふりかへつて西を見れば殘月が傾いてゐる。東西の美しさを一首の中によみ入れた、まことに調子の高い歌である。人麿は、特に歌の道にすぐれてゐたので、後世歌聖とたゝへられた。

「麿」は「麻呂」の二字を一字にした合字である。

先にも述べたように、戦後は小学六年生の国語で万葉集の単元を立てることは少なくなったが、「短歌と俳句」の単元に引く唯一の万葉歌としてこれを載せるものがある(「小学国語6上」大阪書籍、平成十四年)。そこには次の説明がある。

早朝の風景をよんだ歌です。時間の経過と空間の広がりとがよみこまれて、ゆうだいな感じがします。

同じ小学六年生に読ませる文章がわずか半世紀でこんなに変わったのだが、しかし、そこに引かれる歌の形、「東の野にかぎろひの立つ見えて……」は同じである。（ただし、国語読本は「ひむかし」、「小学国語6上」は「ひむがし」と清濁がちがう。どちらが正しいのかはよく分からない。）

その歌は、現在では中学三年生の国語教科書に載せられることが多く、高校の古典教科書の中に見ることもある。日本の教育をうける人なら、一度はきっと、あるいは二度三度と出会うこともある歌であろう。

しかし、この「かぎろひ」の歌、また先の「さわらび」の歌も、じつは万葉集の歌ではないと言えば、不思議に思われるだろうか。たしかに、私たちはこれを万葉集の歌だと教えられた。実際、万葉集の歌だと言えば、そう言えなくもない。けれども、万葉集は、ひらがなやカタカナが作られた平安時代よりも以前に成立した歌集である。万葉集の歌は、もともと漢字だけで書き記されていた。

「さわらび」の歌、「かぎろひ」の歌は、万葉集成立のときには、舶来の文字の漢字を用い、おそらくは次のように表記されていたであろう。

石激垂見之上乃左和良妣乃毛要出春尓成来鴨

東野炎立所見而反見為者月西渡

もちろんこの二首だけではなく、万葉集はすべての作品を漢字ばかりで記す歌集であった。

それを、平安時代の十世紀なかばに、源 順《みなもとのしたごう》ら梨壺《なしつぼ》の五人と称せられた学者たちが、天皇の命を受けて、非常な苦心のすえに、その短歌を中心に、日本語の歌としての読み方を明らかにした。そして、それについで多くの人たちが訓を付けた。さらには鎌倉時代の仙覚《せんがく》という東国の僧侶がいくつかの万葉集の写本を比較して本文を定め、それまで読めていなかった歌や、長歌にも新たな訓を付けて、万葉集のすべての歌に読みを示した。それらを古点《こてん》、次点《じてん》、新点《しんてん》と言う。仙覚には『万葉集註釈』という注釈書もある。

また、時代はくだって、代表的なもののみを挙げるなら、江戸時代の前期に僧契沖《けいちゅう》が『万葉代匠記《だいしょうき》』、中期に賀茂真淵《かものまぶち》が『万葉集考《こう》』、後期には鹿持雅澄《かもちのまさずみ》が『万葉集古義《こぎ》』という注釈書を作り、万葉集の諸写本を比較して文字をただし、読みをあらため、歌の読み方をいちじるしく改善した。もちろん、そのほかにも、また近代に入っても、多くのすぐれた学者たちが研究を重ねた。

平安時代から今日におよぶ、数えきれないほどたくさんの学者たちの努力の結果として、万葉集の歌は読みを明らかにされた。それにより漢字仮名まじりにした万葉集の歌を、私たちは教えられた。今日の国語教科書は、千年以上にわたる研究史の中に生まれた一つの読み方に従って、それを万葉集の歌として載せているのである。

それでは、「さわらび」の歌、「かぎろひ」の歌が、先に引いた「石ばしる垂水の上のさわらびの……」「東《ひむかし》の野にかぎろひの立つ見えて……」の形に読みとかれたのはいつだったかと言えば、どちらも、万葉集の学問がはじまって約八百年の後の江戸時代中期のことである。賀茂真淵が初めて考案した歌の形である。それ以前に、この二首をそのように読んだ人はだれひとりとしていなかっただろう。

平安時代、万葉集を愛読した歌人には、先の源順や、『金葉《きんよう》和歌集』の選者となった源俊頼《としより》らがいるが、彼らはこの二首をそうは読まなかった。また鎌倉時代には藤原定家《ていか》が万葉集の写本を作り、その教えをうけた鎌倉幕府第三代将軍、源実朝《さねとも》が万葉集を愛し、みずから万葉風の歌を詠じたが、彼らも、そのような歌は知らなかった。

いはそそく清水《しみづ》も春の声《こゑ》たててうちや出《いで》ぬる谷のさはらび

定家の家集『拾遺愚草《しゅういぐそう》』の一首である。「さわらび」の歌にならって作られたこの歌の初句は、万葉集のその歌を、定家が「いはばしる……」と読んでいなかったことの、何よりのあかしであろう。

成立以来およそ千二百年、万葉集は、のちの各時代ごとに、さまざまな受け止められ方をした。平安時代の人たちは、その時代の人々の関心に引きよせて万葉集の歌を読んだ。彼らは、万葉集の歌を題材別に並べかえて再編成する『類聚古集《るいじゅうこしゅう》』という歌集を作ったが、それは自分たちの作歌上の参考を万葉集から得ようとしてのことだっただろう。鎌倉時代以降の人たちも、同じように、自らの関心によって万葉集の歌に向かい合った。江戸時代の国学者は、万葉集の歌のなかに古代の人々のまことの心を読みとり、そこに古《いにし》えの人の道を思い描こうとした。今日の私たちも、今日の人の思いを投影して、万葉集を読むだろう。

古典とは、それを受け止める時代ごとに違った光をあてられ、異なるとらえられ方をして、それによって、長い生命をたもつものと言えるであろう。

万葉集の歌は、「さわらび」の歌、「かぎろひ」の歌のように、時代によって歌の形そのものを変えることがあった。あるいは、形は同じでも、その心がまったく違って受け取られることも少なくなかった。世につれて変化するその形と心とが、万葉集の歌の本来の形と心を見えにくくし、やがてそれを忘却させることも、また当然あっただろう。

「いはばしる」は真淵の発明による歌詞であった。万葉集の時代には、そのようには読まれなかった。そのことを次の第一章にくわしく述べる。また、人麻呂の狩りの歌の「かぎろひの」も同じであることを、これは第四章に述べることにしたい。あいだに二つの章をはさむのは、原文の漢字の読み方を問う論がどうしても細かな、めんどうなものになってしまうからである。煩瑣な議論が二章にわたって延々と続けば、さぞかし退屈なことだろう。この小さな本などはたちまちに投げ出されかねない。そうならないように、歌の解釈、文学観の歴史を考える二つの章を第二、第三章とした。

第二章は、同じ柿本人麻呂の

楽浪《ささなみ》の志賀《しが》の唐崎《からさき》幸《さき》くあれど大宮人《おほみやひと》の船待《ふねま》ちかねつ

という短歌の解釈の、平安時代から今日にいたるまでの変遷を紹介し、その背景にある各時代の表現観の相違を考えようとするものである。

第三章では、長忌寸奥麻呂《ながのいみきおきまろ》の

苦《くる》しくも降《ふ》り来《く》る雨か三輪《みわ》の崎佐野《さの》の渡《わた》りに家もあらなくに

という歌の「家もあらなくに」の意味を考え、また、同じ地名を用いてそれにならって作られた藤原定家の

駒《こま》とめて袖うちはらふかげもなし佐野《さの》の渡りの雪の夕暮

を比較することによって、万葉集と王朝和歌の表現世界の違いを明らかにする。

その二つの章のあと、第四章で人麻呂の狩りの歌を読解したい。

第一章から第四章まで、それぞれの章の最初には、章の内容にかかわって、万葉集についての基礎知識を短くまとめて記した。

そして第五章には、巻十六の戯笑《ぎしょう》の歌を取りあげて、万葉集には明るくほがらかな笑いの歌があり、それが王朝和歌にはない万葉集の魅力の一つであることを述べ、「万葉のこころ」と題する第六章は、八つの短文で、万葉集にうたわれた人の心のさまざまを紹介する。

六つの章は、「万葉集に出会う」という共通の目標にむかって書かれたものだが、それぞれほぼ独立した文章である。どういう順序でもよい。おしりのほうの短い文章からはじめてもらってもいい。どの章も、ややこしい部分があれば、そこはひょいと飛ばしても、おおすじは分かる単純な論である。

どうか気楽に読みすすめてくださるように……。

目次

目次

第一章　さわらびの歌

1 「石《いは》ばしる」と「石《いは》そそく」——漢字で記された歌集

二つの歌詞

私たちが小学六年生、または中学三年生の国語教科書で出会う万葉歌のなかに、「石《いは》ばしる垂水《たるみ》の上のさわらびの萌《も》え出《い》づる春になりにけるかも」があることを「はじめに」で述べた。

しかし、それを読んで、おや、自分が習ったのは「石《いは》そそく垂水《たるみ》の上のさわらびの」だったのに……と、不思議に思った方がいたかも知れない。

その記憶にもまちがいはない。たしかに、この志貴皇子《しきのみこ》の歌を「石《いは》そそく」とする教科書があった。「さわらび」という単元名を付けた中学三年生用の国語教科書をそこに紹介したが、その教科書でも歌の本文は「石《いは》そそく」であった。

『新編 新しい国語 三』東京書籍「さわらび」(昭和四十一年)

石《いは》そそく垂水《たるみ》の上のさわらびのもえいづる春になりにけるかも　志貴皇子《しきのみこ》

いっぽう、「石《いは》ばしる」の本文とするものも、もちろんあった。

『中学国語 三年』大阪書籍「詩歌の古典」(昭和四十一年)

㊴志貴皇子《しきのみこ》の歌

㊵石《いは》ばしる垂水《たるみ》の上のさわらびの萌《も》え出《い》づる春になりにけるかも　(巻八―一四一八)

同じ年に刊行された二つの国語教科書で本文が違ったのである。

「石《いは》そそく」と「石《いは》ばしる」の二つの歌詞があり、各出版社の数多くの教科書のなかでは、およそ一対三か、一対四ぐらいの比率で「石《いは》そそく」が少数派であろう。

教科書は注釈書に従って本文を定めるものだが、万葉集の注釈書にも両派があり、やはり「石《いは》そそく」がおよそその割合で劣勢である。「石《いは》そそく」の「そそく」は、江戸時代初期ごろから「そそぐ」と濁ってよまれるようになり、現在にいたる言葉である。

司馬遼太郎氏が、岩波文庫『万葉集』をくりかえし読み、「いはばしる　たるみのうへの　さわらびの　もえいづるはるに　なりにけるかも」の歌に心を拭《ふ》きとられたとする回想を「はじめに」に引用した。当時の岩波文庫『万葉集』は佐佐木信綱編『新訓万葉集』(昭和二年刊)上下二冊である。この本は版を重ねたもので、司馬氏がその第何版を手にしていたかは分からないが、確認しえた昭和二年の初刷、および昭和二十五年の第二十四刷では、その歌の初句は「石激《いはばし》る」である。軍服の司馬氏は「石ばしる」の形の歌を愛誦していたのである。

また、疎開中の少女が、同じころ父親のカバンの中に見つけたのが、はたして齋藤茂吉『万葉秀歌』だったなら、彼女もまた「石ばしる」の形の歌をくりかえし読んでいたことになる。岩波新書『万葉秀歌』も広く流布した書物だが、その本でも「石激《いはばし》る」であった。戦前、戦中の万葉集の読者は、この「石ばしる」の歌を読むのが普通だったのである。

ところが、岩波文庫『新訓万葉集』は、昭和二十九年に改稿されて、『新訂 新訓万葉集』として新たに刊行された。そして、この歌の初句は「石そそく」の形に改められた。

次は戦後に出版された主な万葉集注釈書におけるこの歌の初句の表記の一覧である。昭和二十年代の注釈書に「石そそく(ぐ)」の形の歌が台頭し、二つの形が拮抗するまでに至ったが、やがて「石ばしる」に回帰していったさまが見てとれるであろう。

全註釈(武田祐吉)・昭和二十四年	「石《いは》そそぐ」
評釈(窪田空穂《うつぼ》)・昭和二十五年	「石灑《いはそそ》ぐ」
日本古典全書・昭和二十五年	「石《いは》ばしる」
私注(土屋文明《ぶんめい》)・昭和二十六年	「石《いは》ばしる」
日本古典文学大系・昭和三十四年	「石《いは》ばしる」
注釈(澤瀉《おもだか》久孝)・昭和三十六年	「石《いは》ばしる」
日本古典文学全集・昭和四十七年	「石走《いはばし》る」

新潮日本古典集成・昭和五十三年　「石走る《いはばし》」

あとで述べるように「石そそく」は平安時代以来のこの歌の読み方であった。それが二十年代に一時的に復活した。注釈書の読み方にも、はやりすたりがあり、教科書の歌は、その流行をやや遅れて追いかけた。国語教科書における二つの歌詞がこうして誕生したのである。

平安時代以降の和歌では、そのように複数の歌詞が見られることは、ほとんどありえないだろう。志貴皇子のこの作にそれが生じたのは、どうしてだろうか。

「はじめに」にも述べたように、万葉集は歌を漢字だけで表記したからである。万葉集を読む者は、その漢字のつらなりから、日本語の歌を読みとらなければならない。そして、人により、時代により、その読み方が違うことがあった。このような名歌でも、注釈書によって読みが違い、二つの歌詞ができた。ここでは、初句にあたる漢字の読み取り方が異なったのである。

漢字で表記された歌

漢字ばかりで記された歌集、万葉集の実際の姿を想像してみよう。

奈良時代の後半に作られただろう万葉集の原本は今はない。平城宮跡などからさまざまな内容の木簡が大量に発掘されるのとは違って、万葉集は、その原本はもちろん、奈良時代に書き写された本も発見されていない。当時の写本は巻物の形だったはずだが、そのひと巻も、小さな切れはしすらも見つからない。平安時代の写本も、部分的に残るだけ。万葉集二十巻すべてがそろうのは、はるかに時代がくだって、鎌倉時代末に書写された西本願寺本とよばれる本が最も古いものである。

その西本願寺本万葉集の巻第八の巻頭部分を示してみよう(『西本願寺本万葉集』竹柏会)。問題の歌はそこにあった。

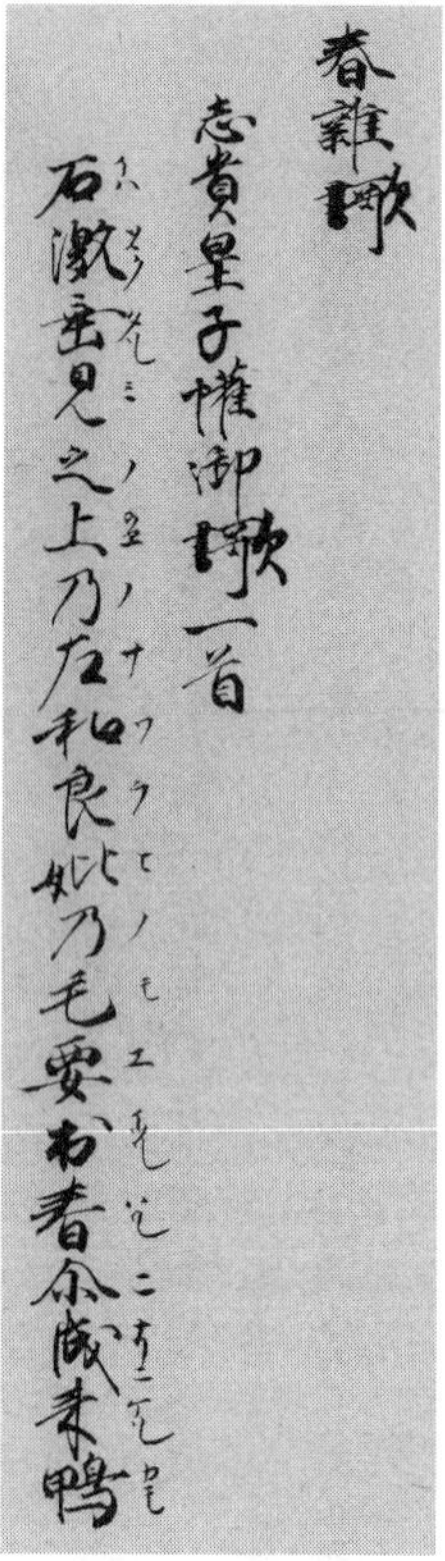

一行目は「春の雑歌」。春のさまざまの歌という意味の部立《ぶだて》の名前である。次の部立は「春の相聞」で、こちらは春の景物を詠み込む贈答の歌である。この巻は、春夏秋冬、四季おりおりの雑歌《ぞうか》と相聞《そうもん》の歌を八つの部立に分けて集める巻である。

二行目は「志貴皇子の懽《よろこ》びの御歌《みうた》一首」。天智天皇の子の志貴皇子が何かの喜びがあったときに作った歌だという題である。これを題詞《だいし》とよんでいる。平安時代の歌集の詞書《ことばがき》にあたるものだが、題詞には作者の名を記すことが多く、詞書にはそれがまれである点で異なる。そのことは第四章の最初に少し詳しく説明したい。

そして、三行目が歌である。このように、歌は漢字で記されている。その右側の片仮名(傍訓)は、むろん万葉集の原本にはなかったものである。奈良時代には日本語を表記するための文字はなかった。ひらがなは漢字をくずした字体から、カタカナは多くは漢字の一部分から、平安時代の人々が作ったものである。日本語の音を記すその便利な文字を知らなかった時代の万葉集では、歌は漢字を借りて、漢字だけで記された。漢字はもともと中国の言葉を記すための文字であり、日本語の歌の表記に不向きであることは言うまでもない。歌を記すのも、それを読むのも、たいそう難しいことだっただろう。

これから、書物として完成したばかりの万葉集をひもとくつもりで、この歌を読んでみよう。もちろん片仮名の傍訓はない。この歌では、

石激垂見之上乃左和良妣乃毛要出春尓成来鴨

という漢字二十のつらなりから、それで書き写されたはずの古代日本語の歌を、最初の読者は読みとった。それを追体験してみよう。

もちろん「追体験」などと気楽に言えるものではない。千二百年以前、自らの文字をもたなかった人々が、苦心して漢字ばかりで書きしるした歌である。今日の私たちがそれをただしく

読解するためには、昔の読者以上に大変な思いをしなければならないだろう。ここからは少しめんどうなことを述べる必要があるが、しばらくのあいだ、ごしんぼう願いたい……。

万葉集の表記のいろいろ

漢字を用いた日本語の表記には、大きく分けて二つの方法があった。一つは、漢字の音や訓などを借りて、日本語の音を示す表音の方法。そして、もう一つは、漢字のもつ意味によって、それに相当する日本語を直接、間接にさし示す表意の方法である。

音仮名と訓仮名　漢字の音や訓とは、たとえば、漢字の「羽」では、音は「ウ」、訓は「は」「はね」とされるものである。その音を借りて、「臼」を「羽須《うす》」(三八一七)と記すのが音仮名。その訓を借りて、「虫に鳥にも我羽《は》なりなむ」(三四八)と、助詞「は」を「羽」と書くのが訓仮名である。どちらも、漢字「羽」の意味には関係なく、その音と訓とを借りて日本語の音を表す仮名であり、万葉仮名と言われるものである。

「さわらび」の歌のなかに、音仮名を捜してみよう。まず、二十の文字列のなかほどの「左和良妣」が、その左《サ》・和《ワ》・良《ラウ》・妣《ヒ》の字音により、和語「さわらび」の音を示すのが、それである。山菜の「わらび」に接頭語の「さ」が付いた形と理解できる。その下の「毛要」も「尓」も同じである。毛《モウ》・要《エウ》・尓《ニ》の音により動詞「もえ(萌え)」と、助詞「に」を表している。

訓仮名もある。「垂見」の「見」は、「ケン」というその字音ではなく、「みる」という字訓を借りて、和語「たるみ(流れ落ちる水、滝)」のミの音を表している。歌の末の「来鴨」も同じ。やって来る水鳥の鴨という意味を表すのではなく、助動詞「けり」の連体形「ける」と感嘆の助詞「かも」の音を表す訓仮名である。

戯訓　そのほか、戯訓《ぎくん》といわれる文字も、多くは日本語の音を表す仮名である。たとえば、なにかが見えていることを言う「見えつつ」という歌詞のうち、継続の意を表す助詞「つつ」を「喚鶏」と記して「所見《みえ》喚鶏《つつ》」(一五七九)とする。ニワトリを飼ったことのある人はそれほど多くはないだろうが、ニワトリは「トトトトト」と呼ぶものである。それが万葉集の時代には「ツツツツツ」だったらしい(ひょっとすると、昔も今も「トゥトゥトゥトゥトゥ」で変わらないのかも知れない)。そこから、「喚鶏」をその意味とはまったく関わりのない助詞「つつ」の表記としたのである。「都々」などの音仮名、「筒」「管」の訓仮名で記す場合もあり、それなら簡単で、まぎれもないはずなのに、わざわざ「喚鶏」などと書く。そこに戯れの気分を読み取って特に戯訓とよぶが、それも仮名の一種である。

では、「喚犬追馬鏡」(三三二四)はどう読むのだろうか……。

これは普通「真十鏡」と書かれ、音仮名で「麻蘇可我美」(三七六五)などとも表記される、鏡の美称「まそかがみ」である。その「喚犬追馬鏡」の表記から、万葉集の時代の人々が犬を

「マ」と喚《よ》び、馬には「ソ」と声をかけて歩ませ追ったことが推測されるであろう。今日ではまるで解きようのないナゾナゾだが、おそらく当時の人たちは、にやりとして、わけもなくそれを読んだのではないか。

正訓　それらに対して、漢字の意味により、日本語を示すのが表意の方法である。漢字の「山」によって、その意味にあたる和語の「やま」を、「川」により「かは」を表すのが典型的なその方法であり、それを正訓という。さきの二十の漢字のなかでは、「石」「激」「垂」「之」「上」「乃」「出」「春」「成」がそれにあたる。今日、私たちが普通にしていることでもあり、ごくごく分かりやすい表記方法と思われるかも知れない。しかし、それにも難しい場合がある。中国の文字と日本の言葉とが一対一で対応するはずがなく、一つの漢字が複数の日本語に読めることがあるからである。

たとえば「垂見之上乃」の「上」は「かみ」とも「うへ」とも読むことができる。漢語「川上」は、一般には川のほとり、または川の水面の意味で「かはのうへ」と読めるだろうが、川の上流の意味の「かはかみ」とも理解できる。したがって、万葉集の「上」という文字を日本語に戻す時には、それが「かみ」にあたるか、「うへ」または「へ」なのかを、歌の内容によって判断する必要がある。この「垂見之上乃」の場合は、滝の上流ではなく、滝のそばを意味する表現と思われるので、「うへ」と読むことにする。これは簡単なほうだが、それよりも難しい判断の必要な例が少なくない。ほかならず、「石激」の「激」がその一例である。

義訓　漢字の意味により日本語を示す方法には、義訓とよばれるものもある。たとえば、「春尓成来鴨」の「春」が正訓で「はる」を表し、また「冬」の字が「ふゆ」を表すのは当然のことだが、「寒《ふゆ》過ぎて暖《はる》来たるらし」(一八四四)と記すこともある。「寒」と「暖」の本来の意味ではないが、その意味からの連想で和語の「ふゆ」と「はる」とを示したのである。さらに「あき」を「金《あき》の野の」(七)のように記すのは、中国古代の陰陽五行説で春・夏・秋・冬の四季をそれぞれ木・火・金・水の気が盛んになる季節とする知識にもとづく義訓である。

また「鶏鳴」で「あかとき(暁)」を表す(一〇五)のは、ニワトリが時をつげるのが夜明け前だからである。さきの「喚鶏」が助詞「つつ」の音を表記する戯訓であったのに対して、こちらは「鶏鳴」の意味からの連想で「あかとき」の語を示す義訓である。

あるいは、「はじめに」に引き、第四章でくわしく読むことにする柿本人麻呂の狩りの歌の下句には、「月西渡」(四八)の文字がある。これを「つきにしわたる」と読むなら、その「西渡」は正訓である。しかし、これは古来「つきかたぶきぬ」と読まれてきた文字であり、歌の表現としてはそれが正しいことが論証されている(佐佐木隆『万葉歌を解読する』)。月が西に移動することは月が傾くこと。そのような理屈を利用しての表記であり、それも義訓の一つとなるであろう。

2　賀茂真淵の「石激《いはばしる》」

原文「石激」

さて、「さわらび」の歌の原文をもういちど引用してみよう。

石激垂見之上乃左和良妣乃毛要出春尓成来鴨

ここには、戯訓、義訓にあたるものはない。万葉集の表記法のうち、音仮名、訓仮名、そして正訓によって示される歌である。その最初の二文字の「石激」はひとまず置いて、それ以下をあらためて読み下してみると、「垂水《たるみ》の上《うへ》の・さわらびの・萌《も》え出《い》づる春《はる》に・成《な》りにけるかも」となる。「もえいづるはるに」は八音であり、いわゆる字余り句である。しかし、句中にア・イ・ウ・オの四つの母音のいずれかが含まれていると、その数だけ音数が増えることが許されるという決まりがある。本居宣長《もとおりのりなが》の発見した字余り法則だが、この句のなかにも母音イがあって、七音句に準ずることになる。すなわち、第二句以下は、特に疑問点なく、先に示した西本願寺本の片仮名傍訓と同じに読める。ほかに読みようのない文字列であり、万葉集のどの写本でも、またどの注釈書でも、ここは同じである。万葉集の時代の読者も同じように読んだものと考えてよいであろう。

問題は初句の二文字である。そのうち、「石」の字は、今日では「いし」としか読まない文字だが、万葉集では「いし」「いは」両方の表記に用いた。万葉集では「いは」は「伊波」と音仮名で示されるほか、「石」「磐」「巌」の正訓の文字で記された。なかでも「石」の例がもっとも多い。「岩」の字は用いられない。

和語の「いし」と「いは」との違いは、簡単に言えば、その大小にあろう。巻十四の例をあげれば、「下野安蘇《しもつけのあそ》の河原《かはら》よ石《いし》(伊之)踏まず」(三四二五)は、河原から「いし」も踏まないで(空を飛ぶような気持で来た)と詠い、「筑波嶺《つくはね》の岩《いは》(伊波)もとどろに落《お》つる水」(三三九二)は、「いは」に音たてて流れ落ちる山水を言う。ここも、「垂水」が落ちかかり、流れるところを示す言葉だろうから、大地に根をはった「いは」の語に読むのが適切であろう。

のこるは「激」の文字である。

西本願寺本とよばれる万葉集の写本がそれを「石激《イハソソク》」とすることはさきに示した通りである。そのほかの写本も同様だが、ただ「はじめに」にも紹介した(ⅷページ)平安時代に成立した『類聚古集』という重要な本は、本文を「石灑」とし、それを「いはそそく」と読んでいる。当時の漢和辞書、観智院本《かんちいんぼん》『類聚名義抄《るいじゅうみょうぎしょう》』の「灑」字の和訓の第一が「ソソク」なので、それは当然の読み方である。また、この歌は『和漢朗詠集《わかんろうえいしゅう》』や『新古今和歌集』などの平安時代以降の多くの詞華集にも収載されているが、それらも「いはそそく……」である。

この志貴皇子の歌の初句は、平安時代の昔から「いはそそく」と読まれてきたのである。

真淵の「いはばしる」

その読み方を改めたのが、江戸時代中期の学者、賀茂真淵であった。

真淵は、『冠辞《かんじ》考《こう》』（宝暦七年〔一七五七〕刊）という著書で「いはそそく」の古訓を否定し、それを「いはばしる」に改めた。そして、それが後の多くの学者の支持を得るようになった。しかし、先に述べたように（5ページ）、昭和二十年代にその古訓が一時的に復活することもあり、その結果、国語教科書に二つの歌詞が現れるという混乱が生じたのである。

真淵『冠辞考』の論理を、説明を補いながら、しかし、なるべく簡略に示してみよう。

《万葉集巻十五に（A）「伊波婆之流《イハバシル》、多伎毛登杼呂爾《タギモトドロニ》、鳴蟬乃《ナクセミノ》」（三六一七）と、蟬しぐれの音を川音のとどろきにたとえる歌があるが、そこに音仮名で書き記される「いはばしる」が、「たぎ」、すなわち急流のありさまを表現する言葉として存在したことが確実に知られる。また、巻六の（B）「石走、多藝千《タギチ》流留《ナガルル》、泊瀬《ハツセ》河《カハ》」（九九一）の「たぎち」（わきたつように流れる意の動詞「たぎつ」の連用形）にかかる「石走」の語も、同じく急流の形容であり、「走」の普通の訓が「はしる」なのだから、「いはばしる」であることも明らかである。巻十二の（C）「石走、垂水《タルミ》之《ノ》水能《ミヅノ》、早《ハ》敷八《シキヤ》師《シ》」（三〇二五）の「石走」も、同様に「いはばしる」である。それなら、それと同じ「垂水」にかかる巻七の(D)「石流、垂水水乎《タルミノミヅヲ》、結飲都《ムスビテノミツ》」(一一四二)、巻八の(E)「石激、垂見上乃《タルミノウヘノ》、左和良妣乃《サワラビノ》、毛要出春爾《モエヅルハルニ》、成爾来鴨《ナリニケルカモ》」の「石流」「石激」も、「いはばしる」と訓まなければならない。》

真淵は(A)の「伊波婆之流《イハバシル》」という仮名書きされた確実な語例から、(B)(C)(D)の類似表現を順々にたどって、(E)の「石激」が、従来の「いはそそく」から「いはばしる」に改められるべきことを説いたのである。誰にも分かりやすい、明快な論理であろう。

「いはそそく」の否定

真淵は、「いはばしる」の例を次々に挙げるいっぽう、「いはそそく」という表現の存在を否認しようとする。

万葉集巻七に、その初句だけを原文のままにして引用するなら、

「石灑」岸の浦廻《うらみ》に寄《よ》する波辺《なみへ》に来寄《きよ》らばか言《こと》の繁《しげ》けむ　（一三八八）

という歌が見える。「石灑」をひとまず置けば、「岸の浦廻《うらみ》(入り江)」に寄せる波のように、恋人の「辺《へ》(そば近く)」に寄ってゆけば、さぞかし「言《こと》(人の噂)」がうるさいだろうなと嘆く男の気持を詠うものである。

その初句にあたる「石灑」の二字は、元暦《げんりゃく》校本という平安時代の古写本をはじめ、万葉集の

諸本に共通したものであり、例外なく「イハソク」と読まれてきた。あるいは、江戸時代前期、真淵に先だって万葉集の学に大きな業績をあげた古典学者、契沖の『万葉代匠記』(精撰本)はこれを「イハソソキ」と読んでいる。その契沖の読みにしたがえば、岩にそそぎかかって岸に打ち寄せる波と、この上の三句はなだらかに解釈できるであろう。

ところが、真淵はその読み方を否定する。『冠辞考』は、先の論の続きにこの歌を取り上げて、「いはそそぐ」では「寄する波」と意味が重なる上に、「惣《すべ》て一首の解《とく》べきよしもなければ(一首の歌として解釈のしょうがないから)」、文字も訓も改めなければならないと述べ、「灑」は「隱(隠)」の誤字であり、「石隱(イソガクレ)」としなければならないと論じる。磯《いそ》の奥に隠《かく》れて、岸に寄せる波……と詠うものと読みかえたのである。

人が書写して作る書物である以上、写しあやまりは避けようがない。特に形の似た文字のあいだにはありがちなことである。「灑」と「隱」の字形も、サンズイとコザトはやや崩して書けばほとんど区別できないので、似ていないわけではない。しかし、岩にそそぎかかって岸に打ち寄せる波という表現について、それを重複とか、意味不通とかと言えるものだろうか。

たとえば、万葉集の同じ巻七に、

住吉《すみのえ》の岸の松が根うち曝《さら》し寄《よ》せ来《く》る波の音《おと》のさやけさ　(一一五九)

という歌がある。松の根を洗いながら波が寄せてくることを、そのように表現したのだが、そこには何の不自然もないだろう。真淵もこの「うち曝《さら》し」については何も言わない。しかし、それは「石そそき岸の浦廻《うらみ》に寄《よ》する波《なみ》」の「石そそき」と同じ表現法ではないか。波が浜に寄せてきて松の根を洗い、岩にそそぎかかることを、順序を逆にしてともにそのように言った。その表現には何の重複もない。歌意もすなおに理解できるものであろう。

「石灑」の本文を「イハソソク」と読んできた万葉集諸本には誤りはなかった。真淵は、それを誤写としたのだが、それは「いはそそく」の語の存在を否認するための強引にすぎる議論であった。

「いはばしる」と「いはそそく」の違い

万葉集には、「いはばしる」と「いはそそく」と、二つの表現があった。似た形の言葉ではあっても、その意味は異なるはずである。

ここで、真淵が『冠辞考』であげた(C)と(D)の歌全体を、問題の部分を原文のままに残して、もういちど掲げてみよう。

(C)「石走」垂水《たるみ》の水《みづ》のはしきやし君に恋ふらく我《わ》が心から　（巻十二・三〇二五）

(D)命《いのち》をし幸《さき》く吉《よ》けむと「石流」垂水《たるみ》の水をむすびて飲みつ　（巻七・一一四二）

同じ「垂水の水」という言葉の上に、(C)では「石走」が、(D)では「石流」が置かれている。

「石流」が「いはばしる」であるのは文字の上で当然のことだから、「石流」もやはり「いはばしる」と読まなければならないというのが真淵の論理であった。

しかし、(D)の「流」は、はたして「はしる」と読むことのできる文字だろうか。(D)は巻七、(C)は巻十二である。巻七の(D)の歌を前にした万葉時代の読者は、万葉集の全二十巻を次々に繰りひろげて巻十二の(C)の用例をさがしだし、その「石走《いはばしる》」に照らし合わせて、同じ「垂水」にかかる語だから、この「石流」も「いはばしる」に違いないと判断しただろうか。それができただろうか。後世の学者、賀茂真淵とはちがって、そんなめんどうをわざわざしたはずがない。できたとも思われない。当時の読者は、原文の「石流」を眺めて、自らの漢字の知識によって、その文字にあたる和語を読み取ろうとしたことであろう。

その知識は、たとえば、玄奘《げんじょう》(三蔵法師)の『大唐西域記《だいとうさいいきき》』から得られたものかも知れない。それは、奈良時代の東大寺写経所でくりかえし書写されて当時の人々に親しまれた書物だったが、平安時代末期に訓点をほかの本から書き移した本(石山寺蔵)が残っている。その巻七に、「鹿女、手づから両の乳を按《シボ》り流注《ソソキャル》こと千岐《チマタ》なり」と訓み下せる傍訓を見ることができる(中田祝夫『古点本の国語学的研究　訳文篇』)。鹿女《ろくじょ》がみずから両乳をしぼると、乳汁が包囲する千人の兵士たちの口に飛びこみ、彼らが鹿女の実の子であることが証明されたという印象的な文章である。その「流注」の二字が「ソソキャル」と訓読されていた。

また、漢・劉向《りゅうきょう》の『戦国策《せんごくさく》』巻三に、「決白馬之口、以流魏氏」の文が見える。それは、白馬の渡し近くの黄河の堤防を決壊させて魏《ぎ》国を水攻めにする戦略を言うものだが、その注釈(高誘注)には「流は灌なり」とある。また、中国戦国時代の書、『韓非子《かんぴし》』巻一には右と同じ内容が「決白馬之口、以沃魏氏」の文で記されている。「灌」も「沃」も、『類聚名義抄』などに「ソソク」の読みのある文字である。それらと置き換えうる「流」もまた、『名義抄』にこその読みは見えないが、「ソソク」と読まれるべき文字であろう。

(D)の「石流」は、平安時代以来の古写本でもすべて「イハソソク」の訓である。真淵がそれを「いはばしる」に改め、今日でもその読みが踏襲されているのだが、「流」という漢字を「はしる」という和語に結びつける手がかりは、字書にも訓点にも、どこにも見いだせない。そもそも、サンズイの「流」の文字は、水を「そそく」ことには近く、「はしる」の意味にはほど遠い。万葉集の時代の読者のだれひとりとして、「石流」の文字から「イハバシル」の読みは想像できなかっただろう。かならず「イハソソク」と読んだであろう。

すなわち、(C)は「いはばしる(石走)垂水の水の」、(D)は「いはそそく(石流)垂水の水を」である。同じ「垂水」にかかるのだが、「いはばしる」と「いはそそく」は別の表現として存在したのである。

では、二つの表現は、それぞれ、どのような意味になるだろうか。

（C）石走る《いはばし》（石走）垂水《たるみ》の水《みづ》のはしきやし君に恋ふらく我《わ》が心から　（巻十二・三〇二五）

これは恋の歌である。「垂水の水の」までが、水の流れの早さの「は」の音から、「愛《は》しきやし（いとしい）」という言葉を導く序詞《じょことば》である。

「垂水」は、流れ落ちる滝である。ここでは、那智《なち》の滝や華厳《けごん》の滝のような大滝ではなく、奈良盆地のどの山のふもとにも珍しくない小さな滝なのであろう。そのような滝の場合、水の早さは、流れ落ちる水に感じられるものか。あるいは、岩の上に落ちた後に流れさる水に感じられるだろうか。おそらくは後者であり、「垂水の水」が岩の上を勢いよく流れてゆくことから、「はしきやし君」が導かれたのだろう。それゆえに「いはばしる」が「垂水の水」の上に置かれたのである。

いっぽう、「いはそそく」はどうか。

（D）命《いのち》をし幸《さき》く吉《よ》けむと石《いは》そそく（石流）垂水の水をむすびて飲みつ　（巻七・一一四二）

わが命が無事にあるようにという祈りをこめて、垂水の水を飲むのである。それには、足をふみしめ、かがみこんで、岩の上を勢いよく流れる水をすくい飲むふるまいがふさわしいだろうか。あるいは、岩の上にそそぎかかる垂水の水を両手のひらの上にうけて飲む姿が似合わしいだろうか。むろん後者であろう。むすんだ手に流れ落ちる水をうけ、それを心静かに飲む、そのような祈願のおこないを詠っているのである。

(C)の「いはばしる」は、流れ落ちた滝の水が岩の上をすばやく流れるさまを言い、(D)の「いはそそく」は、滝の水が岩の上に落ちかかることを言う。それらは、同じ「垂水の水」の、しかし時を異にする二つのありようの表現であった。

3　原文の「激」をどう読むか

時代による読みの変遷

くりかえせば、真淵の『冠辞考』は、(A)の「伊波婆之流《イハバシル》」という例から、類似表現を順にたどって、(B)と(C)の「石走」も「いはばしる」であり、そして、(C)の「石走」、(D)の「石流」、(E)の「石激」は、同じ「垂水」の上にかかる表現だから、「石流」も「石激」も「いはばしる」と読まれなければならないと論じるものであった。

しかし、前節の考察によって、(D)の「石流」が、万葉の時代の文字意識からは「いはそそく」と読むべきこと、そして、(C)の「石走《いはばしる》」と(D)の「石流《いはそそく》」とが、性格を異にする二つの表現であることが、それぞれに確認されたことであろう。

それなら、(E)の「石激」はどうなるか。「いはばしる」か「いはそそく」か、あるいは第三の読みもあるだろうか。それを考えることが、この節の課題である。

(D)の「石流」の「流」について考えたのと同じように、ここでも「激」という文字の、万葉の時代の通常の読み方がまず問われなければならないであろう。歌のことばの表記と読解は、作者や編者と、同じ時代の読者とが、たがいに共有する漢字の知識にもとづいて行われたはずだからである。

ところで、「激」の文字の共通認識と言えば、今日では、「はげし」と読む文字だということになるだろう。私たちがひごろ使っている漢和辞典では、「激」に「はげし」の読みをつけるのが普通である。国語辞書では「はげしい」を「激しい」と記している。しかし、明治のなかばまではそうではなかった。たとえば、近代の国語辞書、大槻文彦『言海《げんかい》』(明治二十二年)は、「はげし」にあたる漢字には「烈」「厲」しか示さない。また漢和辞典の『新撰万通字類大全』(明治七年序)は「激」に九つの和訓をあげているが、そのなかに「はげし」はない。

森鷗外や夏目漱石の作品にも「激《はげ》しい」などのような表現は見られない。彼らは「烈《はげ》しい」「劇《はげ》しい」などと記していた。

漢字とその訓との対応には、いちじるしい時代差がありえたのである。

万葉時代の読み

それでは、万葉の時代における「激」の普通の訓は何だったか。

さきに賀茂真淵『冠辞考』「いはばしる」の説を紹介した時には触れなかったが、じつは、そこで真淵は、古事記と日本書紀に共通する記事を証拠として、「激」が「はしる」と読まれることを論じていた。それは、イザナキ、イザナミ二神の国産み説話の最後に、火の神(カグツチ)を産んだイザナミが焼け死に、怒ったイザナキがカグツチを斬り殺してしまうという場面の記事である。真淵の読み方に従って引用すれば、古事記が「その御刀《みつるぎ》の前《さき》に著《つ》ける血《ち》、湯《ゆ》津《つ》石村《いはむら》に走《たばし》り就《つ》きて(走就)、成《な》れる神《かみ》の名《な》は……」とするところを、日本書紀(第六書)は「剣《みつるき》の鐔《つみは》ゆ垂《た》るる血《ち》、激《たばし》り越《こ》えて(激越)神《かみ》と為《な》る」としている。真淵は、古事記の「走就」の「走」が「はしる」「たばしる」にあたることは確実だから、同じ場面を記す書紀の文中の「激越」の「激」も「はしる」または「たばしる」であると断じたのである。これも、いっけん、たいへん分かりやすい明快な論のように見えるであろう。しかし、その場面は、書紀の別の伝(第八書)には、「斬血激灑」の文字で記されている。同じ場面の記述だからと言って、同じ文字では記されない。同じ言葉で語られるとは限らない。この「激灑」は、「灑」の訓が「そそく」であることが確実なのだから、おそらく、平安時代以来の日本書紀古訓のすべてがそう読んできたように「激灑《ソソイデ》」なのであろう。『冠辞考』が引いた先の書紀(第六書)の例も、同じように、古訓では「剣《つるぎ》の鐔《つみは》より垂《したた》る血《ち》、激越《ソソ》いで神《かみ》と為《な》る」である。

そもそも、カグツチの血は、古事記では「御刀《みつるぎ》の前《さき》に著《つ》ける血《ち》」だったが、書紀では「剣《つるぎ》の鐔《つみは》ゆ垂《た》るる血《ち》」、刀のつばから垂《た》れる血とされていた。手もとから垂れる血なのだから、「たばしりて」ではなく「そそいで」に続くのが自然な語勢ではないだろうか。

日本書紀の「激越」「激灑」はともに古くから「そそいで」と読まれてきて、たしかにそう読むべき文字である。それなら、「激」一字でも、それは「はしる」ではなく、「そそく」と読むのだろう。

先にもあげた平安時代の字書、観智院本『類聚名義抄』の「激」には「サイキル　ソ、ソ、ク、　ウツ　キヨシ　イル　トホル　タダヨフ」の多くの訓があり、またその異体字にも「ススク　ハゲム」などの別の訓が示されているが、「ハゲシ」はもちろん、「ハシル」もない。

観智院本は編集しなおされた本であり、その原型を伝えるとされる図書寮本《ずしょりょう》『類聚名義抄』には、「激」とは、水がとどこおった後に急にななめに流れることだと字義を解説した後に、「ソソク選」と記している。右下の小字の「選」は、万葉集時代の人々が尊重した中国古代の詞華集の『文選《もんぜん》』を指すものである。『文選』の写本のなかに、書中の「激」字に「ソソク」の傍訓をほどこす例が見られたことを示すのである。

その傍訓は『文選』巻一、後漢・班固《はんこ》「西都賦《せいとのふ》」の一節にあった。

鎌倉時代の写本におけるその訓点を示してみよう（中村宗彦『九条本文選古訓集』による）。

揚《ケテ》濤波《ヲ》於碣石《ニ》、激《ソソク》神岳之將《トタカキニ》　將

「濤波《たうは》を碣石《けつせき》に揚《あ》げて、神岳《しんがく》の嶈嶈《しやうしやう》とたかきに激《そそ》く」と訓読できる一文である。都長安の御苑の池の大波が碣石山という築山《つきやま》にぶつかり、はねあがり、その高みに注ぎかかることを言うところであり、「激」の字が「そそく」と読まれている。その傍訓の「ソソク」を示すことによって、図書寮本『類聚名義抄』は、漢字「激」の意味を明らかにしたのである。

そのほかにも、奈良時代に写経された『金光明最勝王経《こんこうみょうさいしょうおうきょう》』(捨身品《しゃしんぼん》)の「激」字に、平安時代初期になって「ソソク」の訓が加えられた例がある。また、時代はくだるが、康永《こうえい》三年(一三四四)、唐代の通俗小説『遊仙窟《ゆうせんくつ》』に加点した本(醍醐《だいご》寺本)には次の訓点があった。

激《ク》レ石鳴《ナリ》泉《イツミアリ》、流《ホリ》レ巌鑿《ウカツ》レ磴《イシハシ》

この「激《ク》レ石《ル》」は、もちろん「石に激《はげし》く」などではない。この九年後の文和《ぶんな》三年(一三五三)に書写された同じ『遊仙窟』(真福《しんぷく》寺本・貴重古典籍刊行会)の次の写真に「激《ソ、ク》レ石」と見えるように「石に激《そそ》く」と読んだものである。

「激」という漢字は、「水の流れがさえぎられて斜めにそれて、急流となって波だつこと」(説文解字《せつもんかいじ》)と意味を解説される文字である。先にあげた観智院本『類聚名義抄』のいくつかの訓は、その意味の一部分をそれぞれ異なる和語によって表したものである。

つまり、「激」とは、水を「サイギル」ことであり、さえぎられた水が「タダヨフ」ことであり、水がものを「ウツ」ことであり、水がものに「ソソク」ことでもある。それらの和訓の代表格が図書寮本『類聚名義抄』に示された「ソソク」である。近代になっての「はげし」の訓は、さえぎられた水が急流になる、その勢いを形容する語として採られ、定着したものなのであろう。

さて、『遊仙窟』の「激《ソソク》レ石(石に激《そそ》く)」は、流れる水が岩にさえぎられ、しぶきをあげるさまを描写する表現である。それは十四世紀に施された訓点だが、醍醐寺本、真福寺本に一致するものである。また、先に記したように、『金光明最勝王経』の平安初期点にも「激」を「ソソク」と読んでいた。「激《ソソク》レ石」は、古くから伝えられてきた訓と見てよいものである。

『遊仙窟』は唐から舶来され、奈良時代の知識人たちがこぞって愛読し、訓点を施して後に伝えた書物であった。万葉集巻五、山上憶良《やまのうえのおくら》の「沈痾自哀文《ちんあじあいぶん》」にもその書名が引用されている。『遊仙窟』の漢文や漢詩の表現は、さまざまな形で万葉集の多くの歌に影響を与えたものであった。そして、その「激石」の二字を、日本語の語順に改めれば「石激」になる。

万葉集の「石激」が『遊仙窟』の「激石」に無関係だったとは考えられないであろう。志貴皇子の歌を記したのも、それを読んだのも、日ごろ漢籍や仏典に親しみ、漢字を識る知識人であった。たえず漢字と和語とのあいだを往来し、「激」を「そそく」と読み、「そそく」を「激」と書き記していた人たちであった。彼らの多くは『遊仙窟』の「激《ソソク》レ石」の語をも知っていた。

逆に、彼らは、「はしる」を「激」と記したり、「激」を「はしる」と読むことは知らなかった。そういう習慣があった形跡はない。漢語「激」と和語「はしる」とを結びつける例はどこにも見いだせないのである。

その歌の初句の「石激」は、「いはそそく」の和語を記すべき表記にふさわしい。読者も、それをあやまたず「いはそそく」と読んだことであろう。ほかの読みは考えられなかっただろう。
(D)の「石流《いはそそく》」と同じく、この(E)の「石激《いはそそく》」も、「垂水」の水が岩の上に流れ落ちることをいう表現だったのである。

4　「そそく」の語感のうつりかわり

江戸時代の「激」と「そそく」

では、賀茂真淵は、なぜ「いはそそく」の読み方を拒否したのだろうか。

江戸時代の人々に、漢字の「激」を「そそく」と読む常識が失われていたことが、その第一の理由としてあげられるであろう。室町時代から江戸時代にかけて、イロハ順に和語をあげ、それにあたる漢字を示す節用集《せつようしゅう》とよばれる数多くの国語辞書が用いられた。それらの辞書の「そそく」には「激」の字はあてられない。たとえば『書言字考《しょげんじこう》節用集』(享保二年〔一七一七〕刊)の「ソソグ」には「灑」「洒」「泛灑」「濺」「注」「瀉」「灌」の文字があるが、「激」はない。逆に、漢字の和訓を示す字書のなかでは、『倭玉篇《わごくへん》』(寛永十六年〔一六三九〕刊)は、「激」には「ミナギル」という訓だけを記している。「そそく」という言葉はもちろんあって、「淙」「漓」をはじめとする二十以上の漢字に「ソソク」の訓を示すにもかかわらず、「激」は「ミナギル」である。江戸時代には、「激」という漢字と「そそく」という和語とのあいだには、ほとんど接点がなかったのである。

また、「そそく」「そそぐ」という言葉が、江戸時代にあっては、たとえば「離別の泪《なみだ》をそそく」(芭蕉『奥の細道』)のように、さらには、雨がそそぐ、酒を杯にそそぐ、草花に水をそそぐなどのようにしか使用されなくなっていたことも、もう一つの理由として考えられようか。そのような語感をもつ人には、「いはそそくたるみのうへの」という歌詞は、いかにも弱々しい、調子の低い表現と感じられたことであろう。

万葉集の時代の「激」と「そそく」

しかし、古代日本語の「そそく」が、岩にぶつかった水が高く飛びはね、勢いよく降り注ぐさまを言ったことは、先にあげた『文選』の「濤波《たうは》を碣石《けつせき》に揚《あ》げて、神岳《しんがく》の嶈嶈《しやうしやう》とたかきに激《そそ》く」の「そそく」を見れば明らかである。「そそく」が、もしも涙が落ち、雨が降ることぐらいにしか用いられない言葉だったら、この「激」字の訓に選ばれることは決してなかったであろう。

その「激」の字は、万葉集巻七の作者未詳の歌にも見られた。摂津国《つのくに》の武庫川を馬で渡った時の作である。原文「激」字のみをそのままにして、ほかは読みくだして示してみる。

武庫川《むこがは》の水脈《みを》を速《はや》みと赤駒《あかごま》のあがく「激」濡《ぬ》れにけるかも　（一一四一）

川の深みの流れがあまりに早いので、赤駒が脚をもがき動かすその水しぶきで衣が濡れてしまった、という歌意が読みとれるであろう。

原文のままにした「激」字は、平安時代以来の万葉集諸本のすべてにおいて「そそきに」と訓まれていた。ところが、江戸時代後期の鹿持雅澄『万葉集古義』が、それを誤りとして「たぎちに」と読みかえ、それが今日までのすべての万葉集注釈書の定訓となった。

しかし、同じことをくりかえすが、万葉集の時代には「激」は「そそく」と読むことが普通であった。それが漢字を知るものの共通認識であった。いっぽう、和語「たぎつ」「たきつ」は、水がわきかえるように流れることであり、「沸」の義訓で示す例が一例ある（二〇八九）だけで、ほかの二十以上の例では「滝津《たきつ》」「多芸津《たぎつ》」「当都《たぎつ》」などの仮名表記である。「たぎ(き)つ」

という日本語には、それに相当する意味をもつ漢字を見いだしにくく、ほとんどが、その音を表す複数の仮名で表記された。水がわきかえり流れる意味は、沸騰の意の「沸」字では、かろうじて示すことができただろう。しかし、「激」字はその意味合いには、ほど遠い。万葉時代の読者には、「激」の字から和語「たぎ(き)つ」を連想することはほとんど不可能なことだったろう。

いっぽう、「激」の普通の訓である「そそく」は、水が岩や岸にぶつかり、はねあがることを言う。そして、「そそく」の連用形「そそき」は名詞となる。ここは旧訓の「そそきに」にかえって、馬の脚が奔流を蹴り、そのしぶきが馬上の衣を濡らしたことを「あがくそそきに濡れにけるかな」と表現したものと考えるべきである。

その「そそく」「そそき」は、高い水音の感じられる聴覚的な表現だったたであろう。古代のサ行音は、現代のような摩擦《まさつ》音ではなく、破擦《はさつ》音であった可能性があるという(亀井孝「すずめしうしう」『亀井孝論文集3　日本語のすがたとこころ㈠』など)。ソで言えば、それはsoではなく、tsoまたはtʃoの音に近かった。つまり、「そそく」はツォツォク、チョチョクのような音だったことになるだろう。

そして、「そそき」「そよき」「たたき」「とどろき」などの「き」は、擬態語・擬音語について四段活用の動詞をつくる接尾語であり、そのうちの「そそき(注き)」の「そそ」は、「水の流れる音、かかる音、散る音など」の擬音語にあたるという(岩波古語辞典)。

それら二つの説によれば、「そそく」は、ツォツォ、チョチョという水音を立てる意の動詞だったことになるだろう。すなわち、万葉の時代の人びとには、「赤駒のあがくそそきに」という表現からは、武庫川の急流が馬の脚にぶつかってツォツォ、チョチョと鳴る聴覚的な印象が得られたことだろう。そして、「いはそそく」からは、流れ落ちる滝の水が岩にぶつかる高らかな水音が聞きとれたであろう。

しかし、賀茂真淵の時代には古代語「そそく」のその語感はすでに失われていた。彼は、自らの漢字の知識と「そそく」の語感とを信じて、「石激」の旧訓の「いはそそく」をすてて、「いはばしる」にあらためた。その知識と語感を共有する当時の人たちの多くも、真淵の改訓を支持した。なるほど、彼らは「いはそそく」をいかにも調子の低い、ひびきの貧しい言葉と感じただろう。「いはそそく」水の音は、彼らには聞こえなかった。「いはばしる」なればこそ、春の水の清冽さにふさわしい高い韻律の歌になると、彼らは信じただろう。

しかし、それは江戸時代の感覚にすぎなかった。

私たちの多くが教室で出会った「いはばしる」の歌は、江戸時代の知識と感覚に合わせて改変された万葉歌であった。万葉集の歌は、それを愛する人たちによって、その時代の色に染められたのである。

5　「さわらび」の季節

早春の歌

万葉集の時代の人々は「石激」を「いはそそく」と読んだだろう。「志貴皇子の懽《よろこ》びの御歌」と題され、何かの慶事があったおりの歌かとも推測されるこの歌は、

石《いは》そそく垂水《たるみ》の上のさわらびの萌《も》え出《い》づる春になりにけるかも

の形であり、さわらびが芽を出す春になったことを喜ぶのである。

さて、ここまで読み進めて下さったあなたに、またおたずねしたい。

あなたは、この「さわらび」の歌を、いつごろの季節をうたうものと思うだろうか……。「春になりにけるかも」だから、春になったばかり、早春の歌に決まっている。そんな答えがすぐに返ってくるような気がする。たしかに、そのように教える教科書があった。たとえば、この歌を「石《いは》ばしる……」の形で掲出したある中学三年生用の教科書は次のように述べる。

一読して、さわやかさ、明るさ、みずみずしさが感じられるであろう。長い冬を経て勢いよくほとばしる滝の水のしぶきが、今芽を出しかけたばかりのさわらびにふりかかってい るのである。この歌くらい、春の到来の喜びを生き生きと詠《よ》んだ歌はないのではなかろう

（『現代の国語　新訂版3』三省堂、平成二年）

か。

長い冬が終わってやっと春が来たころの歌だと言う。大岡信『折々のうた』(一)も、その巻頭の歌としてこれをあげて、「冬は去った。さあ、野に出よう」と述べ、賀茂真淵が万葉集の百首の短歌を抜き出して注を付けた『万葉新採《しんさい》百首解《かい》』も、この歌を採って、「冬こもれるわらびの、春にあひつつもえ出《いづ》るに……」と解説している。早春の歌とする解釈が、古くからあったのである。

初夏のわらび

「さわらび」は「早蕨《わらび》」と書くことがある。それも早春を連想させる文字なのかも知れない。しかし、その「さ」は接頭語であり、「さわらび」は要するにわらびのことである。わらび摘みを経験した人なら（あまり多くはないだろうけれども）、それがぽかぽか陽気の頃だったことを覚えているのではないだろうか。東北地方にいくつかある観光わらび園は、そのホームページを見ると、五月から七月にかけて営業するらしい。もちろん東北地方以外でも、わらびは、桜の季節がほぼ過ぎたころに、一斉に芽をだし、摘まれるものである。

それは近年の気象変動のせいなどではない。奈良時代でも同じであった。関根真隆《しんりゅう》『奈良朝食生活の研究』によれば、「ワラビ」は「奈良時代は、文書によれば時期は三月、閏《うるう》三月、四月に食用している」という。「文書《もんじょ》」いわゆる正倉院《しょうそういん》文書のなかに残された諸寺の銭用帳《せんようちょう》（支出簿）には、たとえば、天平宝字《てんぴょうほうじ》六年（七六二）四月十四日に、「九文買蕨卅六把　価一文四把」（造石山院所銭用帳）とある。一文で四把のわらびを九文で三十六把購入したという記録である。もちろん摘んだばかりの新鮮なわらびを買ったのである。その日は、今日の暦（グレゴリオ暦）では五月十六日である。早春どころか、すでに初夏である。今も八百屋の店先に生のわらびを見ることがたまにあるのは、そのころではないか。わらびの萌えだす季節は、今も昔も、晩春から初夏にかけてである。「いはそそく垂水の上のさわらびの……」がその時節の歌であったことは疑いない。

誤写の説

では、なぜそれが早春の歌と誤解されることになったのか。

先に、この歌が『和漢朗詠集』に「いはそそく」の形で載せられていることを紹介した。その『和漢朗詠集』「早春」の部に入れられている歌の全体を引用してみよう。

　いはそそくたるひのうへのさわらびのもえいづるはるになりにけるかな

この『和漢朗詠集』より以前、十世紀後半に編まれた『古今和歌六帖《こきんわかろくじょう》』という歌集の「む月（正月）」の部の歌でも「たるひ」である。「たるひ」すなわち「垂氷」、つららとする歌詞に変わっていたのである。そのような「さわらび」の歌は、とうぜん、余寒なおきびしい早春の作となるであろう。

澤瀉久孝『万葉集注釈』は、その本文の異同と季節の誤解について、次のように述べる。

（万葉集の本文の）「垂見」が「垂水」と書換へられ、それが更に「垂氷」と誤つてしまつたのである。それだから「む月」とか「早春」とかいふ題の下に収められるやうにもなつたので、蕨の出るのは陽春の頃であつて、旧暦といへども正月に蕨が萌え出るといふのはをかしいのであるが、その不自然に気づかないところに王朝の歌人の心があつた。

現在見ることのできる万葉集の写本のなかには「垂氷」や「垂氷」の本文をもつものは存在しない。しかし、かつて、そのような写本がどこかにあったと想像することは不可能ではない。その仮想の本文「垂氷」が『古今和歌六帖』や『和漢朗詠集』に「たるひ」と平仮名で書き写されて、氷をうたう作として「む月」「早春」の部に載せられることになった。季節の誤解は、そもそもが万葉集写本における誤写の結果であった。植物の実際のありさまを知らない王朝貴族の歌人たちは、その季節の不自然に気づくことができなかった、とするのである。

勅撰集の配列から

しかし、季節の誤解の原因は、そのような万葉集本文の二段階の誤写を想定するまでもなく、この歌が万葉集巻八の巻頭の歌だったことに求められるのではないだろうか。

6ページの写真を、もういちど見ていただきたい。この志貴皇子の歌は、万葉集巻第八、「春の雑歌」の最初の作であった。巻頭にあるそのさまを一見すれば、平安時代の人たちは、おそらく、これを早春の歌と思いこんだのではないか。当時の勅撰集では、春の巻の巻頭歌はかならず立春の日、または正月一日の作だったからである。言うまでもなく、立春は今の暦では二月四日ごろ。まさに早春である。

天皇の命により作られた勅撰集は、万葉集成立の約百五十年後の『古今集』がその最初の例であり、それが後につづく二十の勅撰集の典型となった。『古今集』の春のふた巻は、「年の内に春は来にけり……」と、旧年十二月中に立春になったことをうたう作にはじまって、春の雪、うぐいす、春がすみ、やなぎ、梅……という早春の歌から桜の歌群へと続き、やがて藤や山吹の歌、暮春の歌、そして春の終わる三月みそかの日の惜春の情をうたう作で結ばれる。立春から三月尽日までの春の歌を、季節の推移を追って配列するのである。それが勅撰集の基本となった。

万葉集の巻八は春夏秋冬の四季の歌を雑歌と相聞にわけて収めている。巻十も同様の体裁だが、その巻十の巻頭、春の雑歌の最初の歌は、

ひさかたの天《あめ》の香具山《かぐやま》この夕霞《ゆふへかすみ》たなびく春立《はるた》つらしも　（一八一二）

という立春の歌である。そこには、平安時代の勅撰集の配列意識の萌芽がすでに見られる。巻十の歌には作者名がないので、ゆるやかに季節を追う歌の配列方法をとらざるを得なかったのだろう。しかし、巻八の歌には作者名がある。そして、巻八は、その作者の旧から新へという順にほぼ従って歌を配列する。「いはそそく」の歌が巻頭に置かれたのも、天智天皇の子の志貴皇子が、春の雑歌の作者の中では比較的古い時代の人だったからである。

それを、平安時代の人々は、自分たちの勅撰集に慣れた目で立春のころの歌と見てしまったのではないか。「たるみ」から「たるひ」への変容も、その先入観から生まれた一つの結果だったのではないだろうか。

歌語としての「さわらび」

さらに、「萌え出づる春になりにけるかも」という歌の結びも、平安時代の人たちにそれを立春の歌と誤認させるもとになったであろう。暦によって季節を分ける意識のつよかった平安時代の歌人は、「春は来にけり」などの表現を愛好した。前ページに引いた『古今集』の巻頭歌の「年の内に春は来にけり……」がそれであり、また四番歌の

　　二条の后《きさき》の春のはじめの御歌

雪のうちに春は来にけりうぐひすのこほれる涙《なみだ》今やとくらむ

もそうである。彼らは暦のうえで立春になったことで春の到来を知り、「春は来にけり」とうたうことを好んだ。それは、中国から伝えられた暦という認識の方法で季節を分けることから生まれた表現であった。その意識を万葉集の「萌え出づる春になりにけるかも」におよぼせば、おそらく、それは立春の表現のごとくに見えたであろう。

しかし、暦の舶載される以前の上代日本の人々は、「はる」「なつ」「あき」「ふゆ」という言葉によって季節を四つに分けることは知っていただろうが、暦による季節の分別の方法は知らなかったはずである。彼らは、正月元日や立春の日に春になるとは考えなかった。三月末日に春が終わるとも思わなかった。そのように暦によって季節を分かつのではなく、霞の立つことによって春を知り、うぐいすの声を聞いて春を感じた。また桜が咲き、わらびが萌えだすのを見て、桜の春、わらびの春が来たことを知ったことだろう。志貴皇子は暦が伝えられて久しい時代の人ではあったが、そのような古来の季節のとらえ方で、「さわらびの萌え出づる春になりにけるかも」と詠ったのであろう。

しかし、暦という中国の時間認識の方法にすでに慣れしたしみ、その「からごころ」のほかを知らなかった平安時代の人々には、それがかえって理解できなかった。「萌え出づる春になりにけるかも」を、自分たちがいつもそのように詠うのと同じことと、つまり、暦の上の立春から春の到来を知った喜びの表現と思いこんだ。その結果、「たるみ」を「たるひ」と誤ることにもなった。平安時代の人々も、その時代の心の色によって志貴皇子の歌を染めてしまったのであろう。

その色は物語のわらびの季節をも変えてしまう。『源氏物語』の椎本《しいがもと》の巻に、宇治のふたりの女君《おんなぎみ》のもとに、山寺の僧坊から、新年早々に「芹《せり》」とともに送り届けられた「蕨《わらび》」がその例である。

年かはりぬれば、空のけしきうららかなるに、汀《みぎは》の氷《こほり》とけたるを、ありがたくもとながめたまふ。聖《ひじり》の坊《ばう》より、「雪消《ゆきぎ》えに摘《つ》みてはべるなり」とて、沢《さは》の芹《せり》、蕨《わらび》などたてまつりたり。

年明けの、氷が解ける時節にわらびが摘めるはずがない。そのことに言及する源氏物語注釈書が見あたらないのは不思議なことだが、「雪消え」の「蕨」は現実的ではない。

『枕草子』の「五月《さつき》の御精進《みさうじ》のほど」の章段には、五月五日、賀茂のあたりにほととぎすの声を聞きに出かけた清少納言らを接待した明順《あきのぶ》の朝臣《あそん》が、「この下蕨《したわらび》は、手《て》づから摘《つ》みつる」と料理を勧める場面がある。「下蕨」は草の下に生えるわらびである。同じ「蕨」を、紫式部は正月に、清少納言は五月に描いたのである。

清少納言らの賀茂行は長徳四年(九九八)のことと推定されている。その年の五月五日は、現在の暦では六月六日にあたる。先の銭用帳(34ページ)のわらびの購入日の二十日の後であり、東北の観光わらび園が営業中の季節である。明順が摘んだのは、やや遅くになって萌え出たわらびだったのだろう。しかし、いっぽうの『源氏物語』のわらびはあまりにも早すぎる。それは『和漢朗詠集』の「いはそそくたるひのうへのさわらびの……」などの「さわらび」であり、早春らしさを表現する歌の言葉の一つだったのであろう。

平安時代の歌語辞典の『能因歌枕《のういんうたまくら》』にも「正月」の歌語として「さわらび」をあげる。しかし、江戸時代の『誹諧初学抄《はいかいしょがくしょう》』に、「末春」(三月)の言葉として「ぜんまい　わらび」を示すのが現実により近いものである。「正月」の「さわらび」、また「雪消え」の「蕨」は、志貴皇子の歌の誤解、誤伝から生じた架空の景物だったのである。

万葉集に出会う

私たちが小学六年生、または中学三年生の国語で習った「さわらび」の歌は、江戸時代の、また平安時代の色に染められた歌であった。

それでもかまわない。万葉集の歌は、それを愛する人たちによって、それぞれの時代の色に染められて、味わわれてきたのである。古典とはそのようなものであろう。現代の万葉集解釈の多くもまた、現代人の心の色で万葉集の歌を染めているのだろう。現代の万葉集を読む人たちは、そのようにして万葉集という古典を身近なものとしてきたのである。

　しかしながら、この本では、それがもしも可能なら、後の世の心にとらわれることなしに万葉集を読んでみたいと思う。後世の人びとの感覚、思想によって万葉集を読むのではなく、それらを慎重に取りのぞき、もとより現代の私たちの心などは(できることなら)きれいに忘れて、万葉の歌に、それにこめられた人びとの心に、少しでも近づきたい。

　万葉集に出会う。それだけを願って、以下の章に進もう。

第二章　「心なきものに心あらすること」——擬人の表現

1　万葉集の文学史

歌の時代

この章では、さいしょに、万葉集がどのような時代の作品を集めるかを確かめておこう。巻一巻頭、雄略《ゆうりゃく》天皇御製と記される「籠《こ》もよ　み籠《こ》持《も》ち　ふくしもよ　みぶくし持ち……」(一)の長歌がほんとうに天皇のうたったものなら、それは五世紀後半の作となる。その五代前の仁徳《にんとく》天皇の皇后、磐姫《いわのひめ》が旅の天皇を思慕した巻二の巻頭歌、「君が行《ゆ》き日長《け》くなりぬ……」(八五)の短歌は、さらに古い。しかし、それらは必ずしもその天皇、皇后らが実際に作った歌とは考えられない。そのように伝誦されてきた成立年代未詳の古歌と見るべきものであろう。作者のたしかに知られる作品が引き続いて作られるのは、天智《てんち》、天武《てんむ》両天皇の父、舒明《じょめい》天皇の御世(六二九—四一年)からである。いっぽう、もっとも新しい年の作は巻二十の巻末、万葉集の最後の歌、天平宝字《てんぴょうほうじ》三年(七五九)正月元日の大伴家持の「新《あら》しき年の初《はじ》めの初春《はつはる》の今日《けふ》降る雪のいやしけ吉事《よごと》」(四五一六)である。すなわち、古歌の昔から八世紀半ばまでに作られた歌、四千五百首あまり、そして、ほかに少数の漢文漢詩の作品を集める二十の巻々が万葉集である。

編者

そのように編集したのは誰か。古くからさまざまな議論があったが、明らかではない。万葉集にはそれを示してくれるような序文などがないので、本のなりたちは全二十巻の姿から想像するほかはない。巻十七から二十までが大伴家持《おおとものやかもち》の作をほぼ年代順に集め、家持の「歌日記」とも言われるような体裁であること、また、その部分の題詞・左注の三箇所に、「因《よ》りて拙懐を述《の》べし歌三首」（巻十九・四二八五）などと、我が思いを「拙懐」と謙遜して言うところがあり、そのすべてが家持の作であることから、少なくとも巻十七から二十までの作品を編集したのが家持自身であることが分かる。そして、おそらくは二十の巻を最終的に編成したのも家持らしいとは推測できよう。確証はないが、そのように考えるのがもっとも自然なことであろう。

書名

「万葉集」という書名がどんな意味であるか、これもよく分からない。古く、仙覚『万葉集註釈』は「万葉」とは「ヨロヅノコトノハノ義也」、つまり、たくさんの言葉の意味だと述べたが、契沖『万葉代匠記』は、「葉」の字が「世」の義となり、漢籍に「万葉」を「万世」の意に用いる多くの例があることから、「万葉集」とは、万葉すなわち万世まで伝わり、ながく世の教えともなれという祈りをこめた書名とする別解を示した。

以後、その二つの読み方をめぐって、さまざまな論議がかわされてきた。

身近なところを見まわしてそれを考えてみよう。

あなたの部屋の本棚には、いろんな種類の書物が並んでいることだろう。それらの本の背中に、永遠に読み続けられるように、長く残るようにという意味の書名が見つかるだろうか……。

おそらくはないだろう。永遠男《とわお》さん、久子《ひさこ》さんなどという長寿の願いをこめるらしい人の名前は珍しくないが、不思議なことに書名にはそれがない。「永遠集」や「長久集」などの名があってもよさそうなのに、少なくとも万葉集がお手本とできた古代中国の書名には一つもない。「万葉集」だけが特別なのだろうか。特別なら、それはなぜなのか。契沖説は、それが説明できていないのであろう。

本棚の書物のなかには、たとえば「○○傑作集」とか「○○名品集」とか、編纂した作品がすぐれることを言う書名があるだろう。それらと同じように、「万葉集」を不朽の名作、万世に伝わるような作品を集める集の意と考えることも可能かも知れない。しかし、そのような本の名前も、実際にはなかなか見つからない。少なくとも、古代中国の書名にはそんな例はない。序文などに万世不朽の名作を集めることを自讃することはいくらでもできよう。作品の不朽を祈ることもできるだろう。しかし、常識的な感覚として、みずからの編著に「不朽集」「万世作品集」などの名をつけることは、ためらわれるものではないだろうか。

わたくしは、「○○集」という書名は「○○」のような「集」ではなく、かならず「○○」を「集」めるものという意味であること、また詩歌を木や花に譬えることが中国に多く、中国の詩文集には「集林」や「詩英」(英は花の意)などのあったことが知られ(『隋書《ずいしょ》』経籍志《けいせきし》)、万葉集の前後の日本にも、それにならって「類聚歌林」や「文華秀麗集」などの書名があったことから、「万葉集」を万(たくさん)の葉(うた)を集める書の意味に理解している。まことに味もそっけもない名前ということになるのだが、書名とはそのようなものであろう。「詩(詩経)」「書(書経)」「史記」「漢書」「文選」「古事記」「日本書紀」などなど、書名はどれも、その本の内容を、できるだけ分かりやすく、簡潔に示すものである。「万葉」とは「ヨロヅノコトノハノ義也」。多くの歌の意とする、仙覚のその古説が正しいと思う。

なお、この本では常用漢字を用いてそれを「万葉集」と記しているが、「萬葉集」とするのが古来の正式の表記である。

歌の時代区分

現在、万葉集の歌の時期を四つに分けて考えることが行われている。

第一期は、伝誦の古歌の時代から、舒明天皇と、その皇后であった皇極《こうぎょく》天皇(のちに斉明《さいめい》天皇)の御世を経て、天智天皇の子の大友皇子《おおとものみこ》と天皇の弟の大海人皇子《おおあまのみこ》(天武天皇)とが争った壬《じん》申《しん》の乱(六七二年)にいたるまでの長い期間である。作者は皇族がほとんどであり、そのひとりの額田王《ぬかたのおおきみ》によく知られた歌が多い。

そして第二期は、乱の勝者の天武によって都が近江から飛鳥にもどされ、それが天武の皇后の持統《じとう》天皇により藤原にうつされ、さらに元明《げんめい》天皇により平城に遷都される和銅《わどう》三年(七一〇)までの約四十年間である。「さわらび」の歌の志貴皇子、あるいは柿本人麻呂がこの時期に活躍した歌人である。

第三期は、平城遷都から、この期の代表的作家の山上憶良《やまのうえのおくら》が亡くなったとされる天平五年(七三三)までの二十年あまりである。筑前守《ちくぜんのかみ》憶良と大宰帥大伴旅人《だざいのそちおおとものたびと》を中心として、高い教養にもとづく、ということは中国文学、仏教思想の影響の色こい作品が生まれた時期である。

最後の第四期は、旅人の子の大伴家持、その叔母の坂上郎女《さかのうえのいらつめ》らが歌を多作した時期である。先にあげた「新《あら》しき年の初《はじ》めの初春《はつはる》の……」の家持歌が作られた天平宝字三年(七五九)までの二十六年間になる。巻十七に、越中守《えっちゅうのかみ》家持とその同族にして下役であった大伴池主《いけぬし》とのあいだに交わされた漢文の手紙が載せられていることからも察せられるように、このころの作品にも漢の教養の影響が広くふかく浸透していた。新たな歌風の生まれつつあった時期である。

近江朝の人麻呂

天智天皇が、飛鳥から近江の大津に都を移したのは天皇の六年(六六七)三月のことであった。その四年前、朝鮮半島の白村江《はくそんこう》での戦いで唐と新羅《しらぎ》の連合軍に大敗し、その襲来にそなえる遷都だったともいわれる。そして、近代の日本が、欧米列強の圧倒的な力に対抗するために大急ぎで西洋の学術を学びとろうとしたように、近江朝の君臣たちも、漢の学問の習得に突き進んだ。その御世は、日本の漢文学の最初の隆盛期となった。

万葉集と同時期に成立した漢詩集、『懐風藻《かいふうそう》』の序文によれば、近江朝では学者、詩人を集める御宴がしばしば開かれ、天皇みずから詩文をつくり、臣下もよくそれに応えたが、壬申の乱の兵火によって、それらの作品はことごとく焼失したという。

近江の朝廷はわずか五年あまりで滅んだのである。

次節から、その近江宮の廃墟を見た悲しみをうたう柿本人麻呂の長短歌を読むことにするが、彼自身は、おそらくは近江朝に出仕する経験をもたなかったであろう。人麻呂の生没年は未詳だが、「庚申《かうしん》の年」、天武九年(六八〇)作の七夕歌(巻十・二〇三三)が、彼のもっとも早い時期の作品と考えられている。近江朝は、それから十年前後もさかのぼる世であった。その御世には、新時代の官吏になることをめざして漢の学問にはげむ若者が少なくなかっただろうが、人麻呂もその一人だったのではないか。文明開化期の熱をまぢかに感じつつ、人麻呂は、その多感な青春時代を過ごしていたのではないだろうか。

2 「近江荒都歌」の長歌

「春草《はるくさ》」と「夏草《なつくさ》」

近江大津の宮が焼かれて十数年ののち、持統天皇の治世のはじめ、柿本人麻呂が、琵琶湖の西南、湖水と山地とのあいだの狭い土地にあった宮の遺跡を訪れた。官吏として、近江か、あるいは北国方面に出張する道すがらだっただろうか。荒れはてた宮跡に立ちよった人麻呂は、長歌一首と短歌二首を作った。「近江荒都歌」と称せられるその作品をこれから読むことにしよう。

近江《あふみ》の荒都《くわうと》に過《よき》りし時に、柿本朝臣人麻呂《かきのもとのあそみひとまろ》の作りし歌

玉だすき　畝傍《うねび》の山の　橿原《かしはら》の　ひじりの御代《みよ》ゆ　或いは云ふ、「宮ゆ」　生《あ》れましし　神のこ
とごと　つがの木の　いやつぎつぎに　天《あめ》の下《した》　知らしめししを　或いは云ふ、「めしける」
天《そら》にみつ　大和《やまと》を置きて　あをによし　奈良山を越え　或いは云ふ、「そらみつ　大和を置き　あを
によし　奈良山越えて」　いかさまに　思ほしめせか　或いは云ふ、「思ほしけめか」　あまざかる　鄙《ひな》
にはあれど　いはばしる　近江《あふみ》の国の　楽浪《ささなみ》の　大津《おほつ》の宮に　天《あめ》の下　知らしめしけむ
天皇《すめろき》の　神の命《みこと》の　大宮《おほみや》は　ここと聞けども　大殿《おほとの》は　ここと言へども　春草《はるくさ》の　繁《しげ》く生《お》

ひたる　霞立《かすみた》ち　春日《はるひ》の霧《き》れる　或いは云ふ、「霞立ち　春日か霧れる　夏草《なつくさ》か　繁くなりぬる」もも
しきの　大宮所《おほみやところ》　見れば悲しも　或いは云ふ、「見ればさぶしも」（巻一・二九）

歌の題の「題詞」、また「長歌」については、第四章のはじめにやや詳しい説明をするので、ここでは触れないでおく。また、歌のことばについても、最初の「玉だすき」が、襷《たすき》を項（うなじ）に掛けることから、その類音で「畝傍（うねび）」を導く枕詞となるということのほか、いちいちに説明があるべきだが、いまは、次に大意を示すにとどめておこう。

《畝傍《うねび》山のふもとの橿原《かしはら》に都を置いた神武天皇以来、代々あとをついだ天皇たちがひきつづいて大和を都として世を治めてこられたのに、その大和を捨て、奈良山を越えて、どのようにお考えになったものか、天智の帝は、遠く辺鄙なここ近江の大津に宮を作って世をお治めになった。その天皇の宮のあとはここだと聞いたのに、春草が生いしげり、たちこめる霞に春の日の光はうすらいで見える。その大宮のあとを見れば、いたましい。》

この長歌の六箇所に「或いは云ふ」として小書きするのは、万葉集の編纂者が二種類以上の資料を参照して示した異伝である。その異伝と本伝との関係は明らかではない。草稿と成稿の違いなのか、または、どちらかが、歌が伝誦されるうちに変わった形なのか、よく分からない。ともあれ、その多くは表現の微妙な違いにすぎないであろう。しかし、終わり近くの「春草《はるくさ》の繁《しげ》く生《お》ひたる」と「夏草《なつくさ》か繁くなりぬる」とは、やや大きな、また重要な相違と見られるだろ

う。宮の荒廃は、そこに生いしげる草によって表されている。その草が「春草」と「夏草」と、季節を異にするのはなぜだろうか。「春草」と「夏草」には、それぞれどのような意味があるのだろうか。

漢文学の「春草《しゅんさう》」

遷都がくりかえされた時代だから、万葉集に旧都の荒廃をうたう作は少なくない。この歌の次には高市古人《たけちのふるひと》の「近江《あふみ》の旧堵《きうと》を感傷《かんしやう》して」作った短歌二首(三二・三三)があり、巻三には「高市連黒人《むらじくろひと》の近江の旧都《きうと》の歌一首」(三〇五)が見られる。さらに、奈良から久迩《くに》に都がうつされた時にも作られ(一〇四四—一〇四九・一六〇四)、久迩から難波《なにわ》に遷都された時にもあった(一〇五九—一〇六二)。人麻呂のこの長歌はそれらのすべてに先立つものである。古くは、大和国の中でも、また飛鳥の中でも宮はあちこちに遷されているが、故宮の荒廃を悲しむ歌はない。人麻呂の「近江荒都歌」は、その最初の試みであった。

これだけではなく、人麻呂は、数々の革新的な表現を生み出した歌人であった。妻の挽歌もその一つである。貴人の死をいたむ挽歌は古くから作られてきたものであり、人麻呂も宮廷につかえる歌人として皇子皇女たちのための挽歌を数々作っている。しかし、「柿本朝臣人麻呂の、妻死《つまし》して後に泣血哀慟《きふけつあいどう》して作りし歌」(二〇七—二一六)の長歌と短歌のように、自らの妻の挽歌までを作ったのは、彼が初めてだっただろう。

それは、やむにやまれぬ真情、さらにはその天才が生んだ作品なのだろう。しかし、おそらくはそれだけではなく、彼が若いころから学んだ漢詩文の影響もあったのではないか。

その題詞には「泣血哀慟（血の涙をながしてなげき悲しむ）」という珍しい漢語が用いられている。それは人麻呂自身によって記されたものと考えられる。彼はそのような漢語を使いこなす人だったのである。そして、その反歌の一つは、

去年《こぞ》見てし秋の月夜《つくよ》は照らせども相見《あひみ》し妹《いも》はいや年離《としさか》る　（巻二・二一一）

と、去年見た秋の月は今年も変わらずに照っているけれども、ともにその月を眺めた亡き妻は遠い日の人となってゆくと詠う。そこにも、詩の雰囲気が感じられるであろう。

万葉集の時代によく読まれた詩集、『玉台新詠《ぎょくだいしんえい》』巻五の梁《りょう》・沈約《しんやく》「悼亡《とうぼう》」に、

去秋《きょしゅう》の三五《さんご》の月、今秋還《ま》た房《ねや》を照らす……悲しき哉《かな》人道《じんどう》異《こと》なり、一たび謝《しゃ》すれば永《なが》く銷亡《せうばう》す

去年の秋の満月は今年の秋も妻の寝間を照らしている……悲しいことに、人はそれとはちがい、亡くなった人は永遠に帰ってこない、と詠う。その表現をさながら受容するのが「去年見てし」の作と見られるであろう（林古渓『万葉集外来文学考』）。夫婦間の愛情を表現することの少ない中国の詩のなかでも、妻の死の悲しみは、「悼亡（なき人をいたむ）」の題のもとに詠いつづけ

られた。沈約の右の詩もその一つである。人麻呂は、おそらくそのような「悼亡」の詩のいくつかから大きな刺激をうけて、みずからも妻の挽歌を作ろうとしたのではないだろうか。

同じように、この「近江荒都歌」の「春草《はるくさ》の繁《しげ》く生ひたる」も、中国に少なくない廃都の表現の伝統をうけ継ぐ可能性があるだろう。

たとえば、周《しゅう》に滅ぼされた殷《いん》の遺臣の箕子《きし》は、かつての都の宮室があとかたもなく麦《むぎ》や禾《いね》や黍《きび》の美しくなびく畑になっているのを見て、

　麦秀《ひい》でて漸漸《せんせん》たり、禾黍《くわしよ》油油《いういう》たり　（史記・宋微子世家）

とうたって悲しんだという。また、晋の都の洛陽と、南朝の旧都の荒廃も、

　萋萋《せいせい》として春草緑《みどり》なり、悲歌して征馬《せいば》を牧《やしな》ふ　（初唐・劉希夷《きい》「洛川懐古」）

　亡国春草生じ、離宮古丘に没《ぼっ》す　（盛唐・李白「金陵三首」第二）

とそれぞれに表現された。中唐の劉長卿《りゅうちょうけい》も、「君王見るべからず、芳草《はうさう》旧宮の春」（「春草宮懐古」）と、草繁る春草宮の跡には、君王の姿はもはや見られないと詠った。冬枯れした草も春になればまた生気を得てよみがえるが、人の栄華はいったん失われると二度と帰っては来ない。その対照から、春草は廃都の象徴となった。「近江荒都歌」の「春草《はるくさ》の繁《しげ》く生ひたる」の表現は、それらの詩句と、おそらくは無関係ではないであろう。

和歌と誹諧の「夏草《なつくさ》」

それでは「夏草《なつくさ》か繁くなりぬる」の方は、どのような意味をもつだろうか。

「夏草」といえば、芭蕉『奥の細道』平泉の段の次の名文が思い出されるのではないか。

偖《さて》も義臣すぐつて此城《このじやう》にこもり、功名一時《いちじ》の叢《くさむら》となる。「国破れて山河あり。城《じやう》春にして草青みたり」と笠打敷《うちしき》て、時のうつるまで泪《なみだ》を落し侍りぬ。

夏草や兵《つはもの》どもが夢の跡《あと》

義経《よしつね》を守って高館《たかだち》に立てこもった弁慶《べんけい》や兼房《かねふさ》らの奮戦も空しく、主従はともに滅んでしまった。その城あとに草がおい茂っているさまから、芭蕉は杜甫の「国破れて山河在り、城春にして草木深し」(「春望」)の句を思い出し、その感慨を「夏草や……」とうたったのである。

杜甫の句が先の李白の「亡国春草生じ」などと同趣の表現であることは言うまでもないが、その春の草木が「夏草」に変えられた。もちろん、それは、この句の直後に「五月雨《さみだれ》の降《ふり》のこしてや光堂《ひかりだう》」の句が詠まれていることからも分かるように、夏五月の作であるから当然の変更と言わなければならない。しかし、それとともに、中国詩の「春草《しゆんさう》」が、春の草の再生を人の世の無常に対照するいわば観念的な表現であったのに対して、和歌や誹諧の「夏草《なつくさ》」が、荒れ果てた庭や野山を覆いつくす草を現実的に、描写的に表す言葉であったことも重要ではないか。芭蕉の発句では、「夢の跡」には「春草《はるくさ》」ではなく、「夏草《なつくさ》」が繁っていなければならなかったであろう。
あるいは、それに似た事情が、人麻呂の「春草の繁く生ひたる」と「夏草か繁くなりぬる」の二つの表現のあいだにもあったのではないか。
どちらが先か、実際はどちらの季節だったかは分からない。それは不明と言わざるを得ないが、「春草」が漢風にして観念的、「夏草」が和風にしてより現実的な表現になると考えて、それほどの見当ちがいを犯すことにはならないだろう。「春草」にも「夏草」にも表現としての理由があった。どちらが正しく、どちらが誤りとは言えない。しかし、「春草の繁く生ひたる」の方に新進歌人らしい清新さが、いっぽうの「夏草か繁くなりぬる」の方に現実に向かうきびしいまなざしが感じとられるとは、言ってよいのではないだろうか。

3 「近江荒都歌」の短歌

「船待ちかねつ」

その長歌の反歌として、次の短歌二首がそえられている。

楽浪《ささなみ》の志賀《しが》の唐崎《からさき》幸《さき》くあれど大宮人《おほみやひと》の船待《ふねま》ちかねつ　（三〇）

楽浪《ささなみ》の志賀《しが》の　一に云ふ、「比良《ひら》の」　大わだ淀《よど》むとも昔の人にまたも逢《あ》はめやも　一に云ふ、「逢は

むと思へや」　（三二）

「楽浪《さきなみ》」も「志賀《しが》」も琵琶湖西南の地名である。「唐崎《からさき》」は宮跡の北、三キロメートルほどで琵琶湖につきだした岬。「比良《ひら》」は「唐崎」からさらに北方に離れた湖畔の地。「大わだ」は入り江を言うのであろう。

さて、この一首目は、「唐崎《からさき》」のサキの音から「幸《さき》くあれど」の表現を導き、唐崎の地は無事さいわいに変わらずあるけれども、大津の宮人たちの船を待ちかねていると詠う。また、二首目も、入り江の水は淀んでいるが、昔の人にもう一度会えるだろうか、とても会えまいと言う。二首は同想の作である。以下、最初の歌にしぼって、その解釈を考えてゆこう。

唐崎はかつて船着き場のあった岬である。大津宮の人たちは、休日にはそこから湖上に出て船遊びをしたことであろう。しかし、その船は出たまま帰ってこない。唐崎は昔と変わらずにあるけれども、大宮人たちの船を待ち続け、待ちかねているのだ……と、歌意は理解できるだろう。

歌のこころはやさしい、と見える。しかし、じつはここに重大な問題があった。

宮人たちの船を待っているのは誰か。あるいは何か、である。

それを歌の作者の人麻呂とする解釈と、それを「唐崎」とする解釈と、二つの解釈があった。

いま、あなたは、そのどちらの解釈でこの歌を読んだだろうか……。

『人麻呂集』の異文

平安時代なかばに『人麻呂集』という歌集が作られていた。それは、万葉集編集の原資料とされた「柿本朝臣人麻呂の歌集」(65ページ)とは別のものであり、万葉集の柿本人麻呂の作以外に、他人の歌、作者不明の歌をも数多く含む平安私家集のひとつである。「柿本人丸集」や「柿本集」などの異名があるほか、その本自体にもさまざまな形態の見られるものだが、そのうち、もっとも古く成立したと推測される本の上巻には「近江のあれたりし宮をすぎし時」という詞書とともにこの歌が収録され、また下巻にもそれとほとんど同じ歌がある。

さざ波のしがのからさき行《ゆ》きみれど大宮人の船待ちかねつ

さざ波のしがのからさき来《き》たれども大宮人の船待ちかねつ　(『私家集大成』「人麻呂集Ⅰ」)

第三句だけが万葉集と異なり、「幸《さき》くあれど」が「行《ゆ》きみれど」「来《き》たれども」になっている。「行く」も「来る」も人の動作なのだから、どちらも作者人麻呂が唐崎にやって来たことを言う句である。したがって、その下の「大宮人の船待ちかねつ」の主語は、その流れから、とうぜん人麻呂ということになるだろう。

『人麻呂集』の編者が、万葉集のその歌をそのように解釈して、その解釈を正しく伝えるために意図的に歌詞を作り直したのでは、おそらくはないだろう。その歌を伝えてきた人々が、知らず知らずのうちに、「幸《さき》くあれど」を「行《ゆ》きみれど」「来《き》たれども」に改めた。そのように歌詞を改めて、歌意を理解したのだろう。平安時代のこの歌の享受者は、人麻呂自身が船をまちかねた意に、自然に読んでいたのである。

二つの解釈

この歌に詳しい注釈をつけるようになるのは、江戸時代前期の契沖『万葉代匠記』以来のことである。契沖は「船待ちかねつ」について次のように言う。

此待《このまち》かぬるは、からさきが待かぬるにても侍《はべ》るべし。心なきものにも、心あらするは、詩歌のならひなり。

「待つ」の主語を、「からさきが待かぬるにても侍るべし」と、やや遠慮がちに、「からさき」という土地であることを説く。そして、心のない土地のようなものにも心があるように言いなすのは、「詩歌のならひ」、詩や歌に常にあることだと述べる。今日の言葉で言えば、擬人法の表現という読み方をはじめて示したのである。

ところが、その半世紀の後には、荷田春満《かだのあずままろ》『万葉集僻案抄《へきあんしょう》』がその説を否定する。

又問云《またとひていはく》、船《ふね》麻《ま》知《ち》兼津《かねつ》とは、人麻呂のまち兼《かね》けるにや。或説《あるせつ》に辛崎《からさき》の待兼《まちかね》る心《こころ》といへり。しかりや。

答云、しからず。辛崎情《なさけ》有て待《まつ》と云《いふ》べからず。まつは志賀津の人、大宮人の船を待也《まつなり》。

「或説」とあるのが『代匠記』の注釈である。辛崎(唐崎)が船の帰りを待つというその解釈を「しからず(そうではない)」としりぞけて、「待つ」の主語は志賀津の人であり、志賀の辛崎にいた人麻呂が大宮人の船を待つことだと言うのである。

それ以降の注釈書は、そのどちらかの説に拠って、それぞれに対立する。

まず、春満の弟子であった賀茂真淵『万葉集考』は、

大宮人の遊びし舟のよするやとまてど見えこず(寄港するかと待っても現れない)、只《ただ》この辛崎のみ、もとの如くて在《あり》といふ也

と言う。これは、どちらの説になるだろうか……。歌の上句と下句の順を逆転して解釈して、待っていても舟は現れないが、ただこの辛崎だけは元のままだとする。そのように、上下の句を逆に読めば、自然と「待つ」の主語は作者人麻呂になるだろう。真淵は、師説を支持したのである。そして、真淵の弟子の加藤千蔭《かとうちかげ》の『万葉集略解《りゃくげ》』もそれを受け継ぎ、しかし、同じ真淵に学んだ本居宣長の『万葉集玉乃小琴《たまのおごと》別巻』は、

楽浪之《ササナミノ》云々、下句は、志賀の辛崎の大宮人の船を待得《まちえ》ぬ也、作者の待得ぬとよめるにはあらず、

と契沖説に従って、春満と真淵の読み方を否定する。

その後の数々の注釈書の説の紹介は省略しよう。おおむねを言えば、江戸時代後期から昭和中期にかけては擬人説を支持するものが圧倒的に多く、しかし、昭和前期には人麻呂主語説の復活も見られる。昭和後期から今日までの注釈書では両説が行われ、どちらかといえば、人麻呂主語説が多数派となっているだろう。その人麻呂主語説の一つを引用してみよう。

新潮日本古典集成(昭和五十一年)

楽浪の志賀の唐崎は昔のままにあるが、ここでいくら待っても、大宮人の舟にはもう出逢えなくなってしまった。

どちらの説なのか分かりにくいかも知れないが、「ここでいくら待っても」の「ここ」は唐崎を指すのだから、そこで「待って」いるのは作者の人麻呂である。

いっぽう、「非情なるべき唐崎の地を擬人化し、寂寥感を出す」(新編日本古典文学全集、平成六年)と擬人法であることを明記する注釈書も存在する。

万葉集は、梨壺の五人が歌によみを付けた時から、すでに千年以上の研究史をもつ古典である。いまさら何を研究し、何を解釈するのかと不思議に思う人がいるかも知れない。しかし千年のあいだに、何の解決も得られていない解釈上の難問は無数にある。それが問題であることさえ、なかば忘れられているものもある。この歌の解釈も、その一つであろう。

土地の心

さて、「船待ちかねつ」である。大宮人たちの船を待ちかねたのは、「唐崎」という土地だったのか。それとも作者の人麻呂だったのか。その相違はいちじるしい。私たちは、どちらの解釈につくべきだろうか。

今日の人の心に理解しやすいのは、おそらくは人麻呂主語説のほうであろう。船のかえりを待つという、その「待つ」という態度は、人間的なものである。岬が船を待つという発想は自然ではない。右の古典集成の「ここで」の訳に見られる人麻呂主語説は、その常識的な考え方に基づくものではないか。そもそも、春満や真淵らの解釈も、さらに古くは『人麻呂集』の「行《ゆ》きみれど」「来《き》たれども」という本文の改変も、その常識から生まれたものであろう。

しかし、かりに人麻呂が船の帰りを「待つ」と表現するのだとすれば、それはなぜだろうか。人麻呂が、近江朝の人たちと直接の付き合いがあり、彼らの船の出港を見送った事実があったとは考えられない。たまたま立ち寄った唐崎で、いにしえの船遊びを懐古し、その船が昔に変わらぬ様子で目の前に現れるのをふと幻想したことになるのだろうが、そういう場合、船の帰りを「待つ」と、あるいは「待ちかねつ」と表現できるものだろうか。

ふつう、「待つ」とは、約束して現れるはずの何者かを「待つ」と、あるいは、送り出した何かの帰りを「待つ」と言うことばである。したがって、船の帰りを「待つ」と言いうるのは、むしろ、その船を送り出した港、あるいは港のある土地なのではないか。港のある岬や川などが船の帰りを待つとする表現は、人麻呂以前にも以後にも例があった。ほかならず「唐崎」という土地が船の帰りを待つとよむ歌もある。

天皇《てんわう》の大殯《おほあらき》の時の歌二首(その二)　舎人吉年《とねりのよしとし》

やすみししわご大君《おほきみ》の大御船《おほみふね》待ちか恋ふらむ志賀《しが》の唐崎《からさき》　(巻二・一五二)

天智天皇の挽歌である。黄泉《よみ》の国に向けて旅立ってしまった(やすみしし)わが大君の御船のお帰りを、「志賀の唐崎」は待ち遠しく恋うているだろうかと詠う。もちろん、これは「近江荒都歌」にさきだつ例である。

大宝《たいほう》元年辛丑《しんちう》の冬十月、太上天皇《だいじやうてんわう》と大行天皇《たいかうてんわう》と、紀伊国《きのくに》に幸《みゆき》したまひし時の歌十三首(その二)

白崎《しらさき》は幸《さき》くあり待て大船《おほぶね》にま梶《かぢ》しじ貫《ぬ》きまたかへり見む　(巻九・一六六八)

大宝元年(七〇一)、持統太上天皇とその孫の文武天皇の紀州行幸に従ったある臣下の歌である。「近江荒都歌」には十年前後おくれる作となろう。大船を漕いでまた戻ってきて見るので、白崎よ、変わらずに「あり待て(待ちつづけてくれ)」と言う。

さらに、東国の防人《さきもり》の歌にも類例があった。

久慈川《くじがは》は幸《さけ》くあり待て潮舟《しほぶね》にま梶《かぢ》しじ貫《ぬ》き我《わ》は帰り来《こ》む　(巻二十・四三六八)

久慈川から船出して北九州までの旅に立つ防人が、久慈川よ、やがて無事に戻ってくるので待っていてくれと願うのである。

このように、岬や川など、命も心もないはずの土地が、送り出した船の帰りを待つと言うことがあった。都にも東国にもそのような擬人表現の歌があった。それが万葉集の表現の一つの伝統だったのである。人麻呂の「船待ちかねつ」も、その一つと見るべきであろう。

それは「白崎」や「久慈川」に「あり待て」と外から命令するのでも、また「唐崎」の心を「待ちか恋ふらむ」と外から推測するのでもなく、「唐崎」の心になりきって、「船待ちかねつ」と詠うものである。作者人麻呂が自らの懐古の心を「唐崎」に投影して、「唐崎」の心としてそう言うのである。その意味で擬人の程度の深化したものであり、そこに人麻呂の才能を見てもよいのだが、「唐崎」という心なきものに心を与える表現であることには変わりはない。

契沖以来の擬人の説が正しいのである。

それに対して、春満は「しからず。辛崎情《なさけ》有て待《まつ》と云《いふ》べからず」と断言するばかりで、根拠は何も示さない。人麻呂主語説をとる今日の注釈書も、何のよりどころもなしに、そう訳すだけである。そこには、「唐崎」という心なき土地が船の帰りを待つという非現実的、不合理な表現が万葉集に存在するはずがないという思い込みだけが、あるのではないか。

万葉集の擬人表現

しかし、万葉集は、非現実的、不合理な発想に満ち満ちた歌集である。擬人表現についても、鶯が散る花を惜しんでさえずり、鹿が妻を呼んで鳴くとするようなありふれたものだけではなく、命すらなく、むろん心のあるはずもないさまざまな物を、あたかも心ある人のように描くことを万葉の人たちは好んだ。「心なきものにも、心あらする」ことは、以下の多くの例のように、万葉集の表現のいちじるしい特色だったのである。

中大兄皇子(のちの天智天皇)の次の古歌は、第六章にもとりあげるが、

中大兄《なかのおほえ》の三山《さんざん》の歌一首

香具山《かぐやま》は　畝傍《うねび》を惜《を》しと　耳梨《みみなし》と　相争《あひあらそ》ひき……うつせみも　妻《つま》を　争《あらそ》ふらしき　(巻一・一三)

と、大和の三つの山が、人と同じように恋愛し、妻を奪いあったとする。

また、巻七には海の波を擬人化する作がある。

大《おほ》き海の水底《みなそこ》とよみ立つ波の寄《よ》せむと思《おも》へる磯《いそ》のさやけさ　(一二〇一)

わき立つ「波」に心があって、清らかな磯に寄せてゆこうと思っていると言うのである。

万葉集には「柿本朝臣人麻呂の歌集」の作として三百六十余首の歌が採られているが、それらには人麻呂自身の作歌も、彼が集めた歌も含まれると推測される。次はそのうちの二首。

木《き》に寄《よ》せき

天雲《あまくも》のたなびく山の隠《こも》りたる我《あ》が下心《したごころ》木の葉知るらむ　（巻七・一三〇四）

舎人皇子《とねりのみこ》に献《たてまつ》りし歌二首（その二）

春山《はるやま》は散り過ぎぬとも三輪山《みわやま》はいまだ含《ふふ》めり君待《きみま》ちかてに　（巻九・一六八四）

「天雲の」の歌は、たなびく雲で隠される山のように秘め隠された我が思いも、木の葉はそれを知るだろうと、また、「春山は」は、春の山は花を散らしても、三輪山だけはあなたのお越しを蕾《つぼみ》のままで待っていますと詠うのである。

巻十の秋の雑歌には、萩を擬人化する歌が少なくないが、その一首を引こう。

秋萩は雁《かり》に逢はじと言へればか声《こゑ》を聞きては花に散りぬる　（二一二六）

雁に顔を合わせたくないとでも言うのか、秋萩は、雁の声が聞えると、花を開いたまま散ってしまうと、あたかも萩が人の心をもつように表現するのである。

また同じ巻の同じ部立には、露を擬人化する面白い歌がある。

秋田刈る苫手《とまで》動くなり白露し置く穂田《ほだ》なしと告《つ》げに来《き》ぬらし　（二一七六）

稲刈りの終わった田小屋の覆いが動くのを、白露が、いつもの稲穂がなくなってしまったよと告げに来たものと見なす。私はどこに身を置けばいいのでしょうと、露が愁訴に来たと表現する奇想の作である。

巻十二の相聞《そうもん》(恋の歌)には紐を擬人化する作がある。

針《はり》はあれど妹《いも》しなければ付《つ》けめやと我《われ》を悩《なや》まし絶《た》ゆる紐《ひも》の緒《を》　(二九八二)

ちぎれてしまった衣の紐を手にして、針はあっても奥さんがいないからお前には付けられまいと、私を困らせるように切れてしまうこの紐の緒よと、衣の紐の意地悪を怨むのである。旅先の男の歌であろう。

さらに滑稽な表現としては、巻十六には「恋」を擬人化する歌がある。

穂積親王《ほづみのみこ》の御歌《みうた》一首

家にありし櫃《ひつ》に鏁《かぎ》刺《さ》し蔵《をさ》めてし恋の奴《やつこ》がつかみかかりて　(三八一六)

この歌の左注には、穂積皇子が宴会の酒に酔ってはいつも口ずさみ楽しんだ歌だと記す。錠前付きの箱に閉じこめておいた恋のやつめがいきなりつかみかかってきたわいと、恋に落ちたことを、戯れにこう詠うのである。

このように万葉集の人々は、心のあるはずのない山や波や葉や花や露や紐、はては恋という抽象概念までに人の心をあたえ、それらを人と同じように描く。非現実的、不合理きわまりない擬人表現をほしいままにしていたのである。

自然への親密感

そのような擬人の表現は、古代中国の詩にはまれなものであった。小川環樹《たまき》「自然は人間に好意をもつか――宋詩の擬人法」(『小川環樹著作集』三)は、近世の宋代の詩にひろく見られるようになった擬人表現を考察する前提として、古代詩の擬人法をおよそ次のように概観する。

《『詩経』には、「蘀《たく》(かれは)や蘀や、風其《そ》れ女《なんじ》を吹かん」(鄭風《ていふう》「蘀兮《たくけい》」第一章)と、枯葉に呼びかける形の擬人表現などがわずかに見られるほかは、「擬人法を用いた例はきわめて少ない」。それが「魏・晋以後つまり三、四世紀の詩になるとやや目につき始め、五、六世紀の南朝の詩には相当多くなり、唐代(七―九世紀)ではますます多く見られ……『鳥歌い』『花笑う』などの言い方は南朝から唐代へかけての流行であった」。擬人表現のその時代的変遷は、古代の中国人が自然にいだいた恐怖心がしだいに薄らいで、自然への親密感が増大していった過程と見ることができる。》

もしも、古代以来の中国詩の擬人法の変遷がこのように説明できるものなら、いっぽうの万葉集の人たちの愛好した擬人表現は、逆に、古代の日本人が自然に対して深い親密感をいだき、人と自然との間に大きな隔たりを見なかったことの現れと言えるだろう。山どうしが恋愛し、波や葉や花や露などが心をもつとする擬人は、「草木《くさき》咸《ことごとく》に能《よ》く言語《ものいふこと》有り」(日本書紀・神代下)と伝え、また、あざむいた和邇《わに》に皮をはがれた稲羽《いなば》の白兎《しろうさぎ》が大穴牟遅神《おおあなむじのかみ》に助けられたという有名な話(古事記)もあるように、自然を恐れつつもそれと交感し、鳥もけものも草も木も、神も人もたがいにわけへだてなく交わり親しみあうように想像してきた古代日本人の心性の表現だったことになるであろう。

人麻呂「近江荒都歌」は、その長歌が中国詩の廃都の表現を受容することにおいては新しく、この短歌が古歌以来の擬人表現の伝統をつぐことによっては、和歌表現のもっとも古い層に根をおろす作品だったのである。

4 擬人表現のその後と写生論

仙覚・顕昭・俊頼——万葉学者たち

それでは、万葉集以降の和歌の歴史のうえで、擬人表現は、どのような位置を占めてゆくのだろうか。中国の詩では、擬人法は南朝から唐代へ、また宋代へとしだいにひろく見られるようになったというが、和歌でもそうだっただろうか。

契沖は、「心なきものにも、心あらするは、詩歌のならひなり」と、擬人法が詩歌の表現に普遍的なものであることを説いたが、それに似た考え方は、じつは、平安鎌倉時代のいくつかの書物に見いだせる。時代をさかのぼってそれらを紹介しながら、擬人表現に対する歌人たちの態度をうかがうことにしよう。

鎌倉時代の仙覚の『万葉集註釈』は、今日では先(66ページ)に引いたように「天雲《あまくも》のたなびく山の隠《こも》りたる我《あ》が下心《したごころ》木の葉知るらむ」とよまれる歌の結句について、

……木葉シルラントハ、草木無心トハイヘドモ、歌ノミチニハ、心ナキ物ニ心ヲアラスル事、ツネノナラヒ也。


と論じる。木の葉は私の秘めた思いを見抜いているだろうと詠う「木の葉知るらむ」のような擬人表現を、仙覚は「心ナキ物ニ心ヲアラスル事」とし、歌のいつものあり方だと説いていたのである。

さらに、平安時代の後期、顕昭《けんしょう》という歌学者が、自らの歌の評価をめぐって論争する書に、それと同様のことばを記している。

その顕昭の歌は、『六百番歌合《ろっぴゃくばんうたあわせ》』で「雲雀《ひばり》」を題として作られ、寂蓮《じゃくれん》の歌と番《つが》われた次の一首である。


春日《はるひ》には空《そら》にのみこそあがるめれひばりの床《とこ》はあれやしぬらん

春には空高くにばかりあがって留守がちなヒバリの寝床は、きっと寂しく荒れはてているだろうと詠う。この顕昭は六条藤家《ろくじょうとうけ》という歌道の家の論客である。そして、それに対立する御子左《みこひだり》家《け》とよばれた家の代表者が藤原俊成であり、俊成がこの歌合の勝敗を定める判者《はんじゃ》であった。俊

成は、ヒバリは春になれば空に飛びあがる習いの鳥なのであり、心ならずも家を出て寝床を荒らしてしまうというものではないとする判詞《はんし》を示した。ヒバリをあたかも旅人のように描くことを不自然だと批判して、この歌を負けとしたのである。

顕昭は、この歌合における俊成の判に抗議する『顕昭陳状《ちんじょう》』を作り、判詞の不当を論じた。この歌についても、まず鳥やけものを擬人化する古歌を九首まで列挙した上で、

か様《やう》になさけなき禽獣《きんじう》にも、人のふるまひ、おもふ心をつけてよみ来《きた》れり。始《はじめ》て不レ可カラレ驚ク。

又、無キレ心草木にもおもふ心をつけてよめり。

と、歌では、このように、なさけ（心）のない鳥やけものにも、人らしいふるまい、人の心があるものと表現してきたのであり、いまさら非難されるべきものではないと論じる。

さらに草木がものを思う歌を七例もあげ、「又、山にも心をつけたり」と、

大原《おほはら》や小塩《をしほ》の山も今日《けふ》こそ神代《かみよ》のことも思ひいづらめ

という在原業平の歌を示す。もともと『古今集』雑上の歌だが、その詞書《ことばがき》には、二条の后《きさき》が（小塩の山のふもとにある、氏神の）大原野《おおはらの》神社に参詣した日の作とする。心のないはずの小塩の山も、この栄《は》えある今日の日には、さぞかし神代を思って感慨が深いことだろうと、山が人の心をもつように詠ったことを言うのである。

さらにさかのぼれば、十二世紀初めの歌学書、源俊頼《としより》『俊頼髄脳《ずいのう》』にも同じ考え方が次のよ

うに見られた。

『古今集』春上の

山たかみ人もすさめぬさくら花《ばな》いたくな侘《わ》びそ我《われ》みはやさむ

高い山に咲くので、すさむ(めでる)人がたとえ誰もいなくても、桜の花よ、そうがっかりするな、私が見てほめてやろう、と詠う歌をめぐって、

これこそ、心なき物に、心をつけ、物いはぬ物に、ものをいはするは、歌の常のならひなれば……などてか、花も、人見ずとて恨みざらむ(どうして花も、人が見てくれないと言って、くやしがらないことがあろうか)。

と述べる。心のないものも、心あるもののように描き、ものを言わないものにも、ものを言わせるのが歌の常の表現なのだから、人が見てくれないと花が恨むように詠うのは当然のことだと説くのである。この歌は、さきの『顕昭陳状』が草木をものを思う例としてあげた七例のうちの一首であった。

以上の三人は、仙覚に『万葉集註釈』があり、顕昭に万葉集の多くの歌語に注釈をくわえる『袖中抄《しゅうちゅうしょう》』という書があり、さらに俊頼に万葉集の歌語を取り入れる作の多い『散木奇歌集《さんぼくきかしゅう》』という家集があるように、いずれも万葉集の歌を特に愛し、それを研究し、その影響をうけて歌を作った人たちである。その三人がそろって、契沖の「心なきものにも、心あらするは、詩

歌のならひなり」と同じ考え方を述べていたのである。

「なでふさる事のあらむぞ」――擬人表現への不信

顕昭と俊頼はそれぞれの論に『古今集』にも擬人の歌があることを示していた。もちろん、彼ら自身も好んで擬人の歌を作っていた。顕昭の先の「ひばりの床はあれやしぬらむ」がそれであり、俊頼もまた次のように詠う。

山の端《やまのは》に雲の衣《ころも》をぬぎすててひとりも月のたちのぼるかな　（『金葉集』二度本・秋）

山ぎわの雲から月が出る景色を、月は、いままで身につけていた雲の衣を山の端に脱ぎ捨てて、ただひとり明るく大空にのぼってゆくと表現する。桜の花がめでてくれる人のないことを恨むなら、月が雲の衣を脱ぐこともあるだろう。そのような表現は十分に可能である。それらは、海の波が清い浜辺を慕って寄せようと思ったり、露が自分の置く稲穂がなくなってしまったと愁訴するように表現する万葉集の擬人法を継承する作とも言えるであろう。

しかし、そのような擬人表現が、この時代の歌にひろく愛好されていたかと言えば、決してそうではなかった。

たとえば、鎌倉時代初期の順徳院《じゅんとくいん》『八雲御抄《やくもみしょう》』は、「心なき物に心をあらせ、物いはぬものに物をいはせ」る表現が昔からあることを指摘するいっぽうで、この俊頼の「雲の衣をぬぎすてて」の作をあげて、それを、「なでふさる事のあらむぞ（どうしてそんなことがありますか）」と非難する人があり、またそのような非合理的な表現の類を「おそろし、いかがさる事あらむ、まことしからず（本当らしくない）」と否定する人もいたことを紹介し、さらに院自身の考えとしても、「すつべからず、好むべからず」、捨てさることはできないが、好んで詠むべきものでもないと、それらをやや敬遠する気持を語っているのである。

また、藤原定家の書として流布した『桐火桶《きりひおけ》』という歌書には、

俳諧《はいかい》と申す体《てい》は利口《りこう》（冗談）なり。ものを欺《あざむ》きたる心なるべし。心なきものに心をつけ、ものいはぬ物にものをいはせ、利口にしたる姿なるべし。

と言う。『俊頼髄脳』が「心なき物に、心をつけ、物いはぬ物に、ものをいはするは、歌の常のならひな」りと述べた歌説は、ここでは、人をあざむき、たわむれる滑稽な歌のさまを言う言葉となった。「心なき物に、心をつけ」るような擬人の作は、和歌の本筋にはない誹諧の歌とされた。いわば第二流の歌と見なされたのである。

俊頼、顕昭、仙覚から契沖へとうけつがれた「心なきものにも、心あらするは、詩歌のならひなり」という文学観があるいっぽうで、それに親しまず、それを批判し、遠ざける見方があった。むしろ、そちらの方が歌壇の主流を占める人たちの考え方であった。実際、平安時代もその中期以降の和歌には、先の65ページから67ページまでにあげた万葉歌のような擬人表現は、

俊頼ら一部の歌人の作をのぞいては、まれにしか見られないだろう。

人麻呂の「近江荒都歌」の「幸《さき》くあれど」の本文が、『人麻呂集』で「行《ゆ》きみれど」「来《き》たれども」に改められたのも、その下の「船待ちかねつ」が、唐崎という土地を主語とする表現であるより、作者人麻呂の主観を表す句であるほうが、伝誦者たちにとっては、より自然な、落ちついた表現に感じられたからであろう。

万葉集の擬人の心は、平安時代以降には、疎外され、忘れさられようとしていたのである。

荷田春満の思想

では、江戸時代には、擬人の表現はどう評価されただろうか。

人麻呂の「船待ちかねつ」は、契沖が見ぬいたように、「唐崎」という「心なきものにも、心あらする」、擬人の表現であった。荷田春満は、それをなぜ、「しからず。辛崎情《なさけ》有て待《まつ》と云《いふ》べからず」と否定したのだろうか。春満のその思いを忖度してみよう。

春満にはまとまった歌論はないが、『万葉集僻案抄《へきあんしょう》』の次の一文には、彼の古歌についての認識が明らかに見てとれるだろう。香具山で国見した舒明天皇の御製の長歌（二）の

国原《くにはら》は　煙《けぶり》立ち立つ　海原《うなはら》は　かまめ立ち立つ

の下句について、大和には海もなく、鷗《かもめ》もいないはずだから、それは現実を映さない架空の表

現なのかとする問いに対する答えである。

答云、しからず。いにしへの歌は皆実《みなじつ》のみにて、少《すこし》も虚《きよ》はなし、今の世の歌に見もせぬさかひをよみ、ありもせぬ景物《けいぶつ》をよむ類《たぐひ》にはあらず。

この答えを、言葉を補って説明すれば次のようになろうか。

《そうではない。古人の歌は、事実だけを述べて、少しも虚構はないのだ。「今の世の歌」すなわち、江戸時代の古典的な和歌の世界では題詠《だいえい》ということが行われる。たとえば「吉野山」の題を与えられれば、吉野は花の名所だからと、その山に行きもしないで桜を詠む。また「竜田山」の題でも、やはり山も見ないで紅葉を詠じる。秋にあって満開の桜、春にあって紅葉の錦《にしき》と、実際には目の前にない景物をよむ。しかし、古人の歌は、それとは違う。必ず、その地を踏み、その景を目にして、見たままの真実を詠う。この歌も同じで、この「海原《うなはら》」というのは、大きな池をそう言ったのであり、香具山の池には実際に「鷗」が住んでいたのである。その「鷗」は海に住む鷗ではなく、川の鷗である。それらを目の前に見て、見たとおりをそのままに詠んだのがこの歌なのである。》

この答えのなかの「見もせぬさかひをよみ」とは、「歌人はゐながらめいしよをしる」という言葉をふまえたものであろう。それは、江戸時代初期の俳諧書『毛《け》吹草《ふきぐさ》』が当時のことわざを列挙するうちの一つであり、歌人というものは、古い歌を学ぶことによって、自分の書斎に座ったままで見もしない名所のようすを知り、また自ら名所の歌を詠むことができると言う、古くからの格言であった。しかし、春満は、万葉集の古歌は、そのような想像の作ではありえないと考えた。

たとえば、万葉集巻一に、大宝《たいほう》元年(七〇一)の秋九月、持統太上《だいじょう》天皇らが紀伊国に行幸した時に随行のひとり(坂門人足《さかとのひとたり》)が作った歌がある。

巨勢山《こせやま》のつらつら椿《つばき》つらつらに見つつ偲《しの》はな(思奈)巨勢の春野《はるの》を　(五四)

春満の『僻案抄』は、これについて、まず普通の解釈、《巨勢山の椿の葉が霜にもまけずに緑色であるのをしみじみ見ていて飽きないが、春になればこの椿がどんなに美しい花を咲かせるか、その春の野のようすが思われるなあ。》をいったん示したうえで、しかし、想像をうたうのは後世の歌のさまであり、古歌はそうではないと、それを一転して否定する。

そして、「春野」とは、春の季節の野という意味ではなく、野の固有名詞だとし、さらに原文の「思奈」を「偲《しの》はな(想像される)」から「こひしな(恋しいことだ)」によみかえる。しかも、椿《つばき》とは妻木《つまき》であるとして、この歌を、春野《はるの》という名の野で妻木(椿)を見ながら、妻を恋しく思う現在のわが心を詠ったものと解釈しなおすのである。

弟子の真淵をはじめとして、誰も従おうとしなかった奇説である。しかし、そのような無理な解釈に、春満の文学観が、はっきりとあらわれる。春満は、古歌とは、その時その場に見たまま、思ったままを、いささかの想像もまじえることなく、うそいつわりなく詠むものだと確信した。半年先の春景を思いやることさえ、古歌らしくない空想と考えたのである。

その春満に、「唐崎」という土地が大宮人たちの船の帰りをまちかねているという想像が受け入れられるだろうか。

「しからず」と、それを拒否するしかなかった。その時その場の、作者人麻呂自身の思いを「待ちかねつ」と表現した歌と、春満はかたく信じたのである。

賀茂真淵の「ありのまま」の説

春満の弟子であった真淵は、さすがに「つらつら椿」の歌のその解釈には従わなかったものの、古歌についての春満の思考を、さらに徹底した人であった。万葉集の歌から秀歌百首を抜き出し、それに注釈を加えた真淵の著作『万葉新採百首解』から、歌を批評する言葉をいくつか抜き出してみよう。

『百首解』の四番は、万葉集巻十の春の雑歌、春の雪を詠んだ作者不明の歌である。

梅が枝《え》に鳴きて移《うつ》ろふうぐひすの羽白《はねしろ》たへに沫雪《あわゆき》そ降《ふ》る　（一八四〇）

これについて、真淵は「みたるさまを其《その》ままにいひつらねたるが、おのづからうるはしき歌となりたるなり」と述べる。さえずりながら梅の枝を移ってゆく鶯の羽を白く染めて柔らかな雪が降るよと、見たままの情景をそのまま言葉に表現することによって、自然と美しい歌になった作と評価したのである。見たままの尊重である。

そして十九番、やはり万葉集巻十の秋の雑歌の作、

さ雄鹿《をしか》の妻呼《つまよ》ぶ山の岡辺《をかへ》なる早稲田《わさだ》は刈《か》らじ霜《しも》は降《ふ》るとも　（二二二〇）

これについても、「古《いにしへ》はかく其儘《そのまま》にいへる故に真《まこと》なり」と評する。牡鹿が妻問いして鳴く山のふもとでは、（鹿の逢瀬の邪魔をしないよう）霜が降ろうとも早稲《わせ》の田の稲刈りはすまいと、心に思ったとおりを何の技巧もなしにすなおに詠う。それが歌の真《まこと》だと述べる。思ったままの尊重である。

さらにもう一首、真淵がやはり「ただ有《あり》のままにいひつらねたる」歌として絶賛した七十六番歌が、

田子《たご》の浦《うら》ゆうち出《い》でて見ればま白《しろ》にそ富士《ふじ》の高嶺《たかね》に雪は降りける　（巻三・三一八）

である。この山部赤人《やまべのあかひと》の名歌について、真淵は「ふじの高嶺の大ぞらに秀《ひい》でたるを、みるままによめるは、自《をのづか》ら妙《みよう》なり」と述べ、さらに、後世、その末句を「雪は降りつつ」（新古今集・百人一首）と改めたことについては、「古《いにしへ》は、ただ有《あり》のままにいひつらねたるに、えもいはぬ（すばらしい）歌となれる、まことをいかで意得《こころえ》ざりけん（古歌のまことをどうして理解できなかったのだろう）」と非難する。

「雪は降りける」は、雪が降ったこと、降って積もっていることであり、山かげから出た一瞬にふと目に入った、富士の高嶺の雪を見たままに詠う表現である。それに対して、「降りつつ」は雪が降り続いていることである。しかし、それでは、旅の途中であるにもかかわらず、そこに何日も滞在して見続けていたことになるではないか。あるいは、真淵の『百人一首うひまなび』の論をここに借りるなら、雪が降り続いている時には、富士の高嶺は雲にとざされていて見えないはずだ。たとえ晴れていても、はるか山頂に降り続く雪が見える道理がない。すなわち、「降りつつ」とは、どのように解してみたところで、実際の富士のありさまを見ないで空想した表現になる。そのような「降りつつ」への歌詞の改変は、古歌の真実をまったく理解しない愚挙である。真淵は、そう攻撃するのである。

真淵は、古歌とは、見たまま、思ったままを、何の技巧もなく詠むものだという確信をくりかえした。景を描くにせよ、情を述べるにせよ、それをありのままに表現する、そこに真淵は古歌の真実の心を見た。それは、赤人の歌の「雪は降りける」の意味を明らかにしただけではなく、万葉集の多くの歌についても、あるいは、あてはまる洞察なのかも知れない。

しかし、そのような真淵に、契沖の「からさきが待かぬる」の解釈が受け入れられるはずがなかった。唐崎という土地が船の帰りを待ちかねるなどという擬人法は、ありのままの表現とはとても言えない。真淵には、そのような非現実的、不合理な擬人表現は、古歌の真《まこと》を失う、後世の歌の作りものの巧みにしか見えなかった。

擬人法などの「詩歌のならひ」は、彼の眼中にはまったくなかったのである。

近代の写生論

先(61ページ)に述べたように、江戸時代後期から昭和中期にかけては、「唐崎」を主語と見る擬人表現説が解釈の主流となった。しかし、そこでも、擬人法への不信がなかったわけではない。

たとえば、齋藤茂吉『万葉秀歌』はこの歌を擬人法の表現と理解するいっぽうで次のように述べる。

> 現代の吾等《われら》は、擬人法らしい表現に、陳腐《ちんぷ》を感じたり、反感を持つたりすることを止《や》めて、一首全体の態度なり気魄《きはく》なりに同化せむことを努《つと》むべきである。

茂吉は、「現代」では、和歌の擬人法は「陳腐」に感じられ、「反感」さえ持たれかねないと思った。「同化せむことを努むべきである」の一言には、茂吉自身、この歌の擬人法には十分になじめず、できたらそれを否定したい気持さえもったことが推察されるであろう。

その「陳腐」とは、正岡子規「七たび歌よみに与ふる書」に、

> 和歌といへば、直《ただ》ちに陳腐を聯想致候《れんそういたしさうらふ》が年来の習慣にて、はては和歌といふ字は陳腐と

いふ意味の字の如《ごと》く思はれ申《まうし》候。

と、すでに明治の世に、旧派の和歌の、こしらえものの、決まりきった趣向への非難に用いられた言葉であった。

子規はこうも言っている。

名所といふ事については、古来歌よみは大なる謬見《びうけん》を抱《いだ》きゐたり。昔の歌よみは、いはゆる名所なる者を一度も見ずしていい加減に歌に詠み込む者なれば、その名所の歌といふも多くはその地の特色を現《あらは》したる者に非《あら》ず……いやしくも客観的に詠む場合、即ち景色を詠む場合には、その地を知らざれば到底《たうてい》善き歌にはなるまじ。……それを京都の外《ほか》一歩も踏み出さぬ公卿《くげ》たちが、歌人は坐《ゐ》ながらに名所を知るなどと称して、名所の歌を詠むに至りては乱暴もまた極《きは》まれり。

（「人々に答ふ」八）

「歌人はゐながらめいしよをしる」（『毛吹草』）という例のことわざを引いて、歌とは、そのように見もしない名所をよむものではなく、その地をふみ、実際の景を見て作るべきものだと説くのである。これが春満の「今の世の歌に見もせぬさかひをよみ……」（76ページ）にそっくりな主張であることは改めて言うまでもない。近代のいわゆる写生の論は、この子規によって提唱され、茂吉らによって深められたのだが、それが見るまま、思うままを詠むことを真《まこと》とする春満、真淵の古歌の思想に淵源することは明らかであろう。

さらに言えば、春満や真淵ら古学者の「ありのまま」の歌論は、源俊頼の「雲の衣をぬぎすてて」の擬人の歌などを、「なでふさる事のあらむぞ」、「おそろし、いかがさる事あらむ、まことしからず」(74ページ)と、ありえないこと、本当らしくないことと非難した平安の歌人たちの思いにも、はるかにつながるものであろう。

近代の写実主義は、たいそう深い根をもつ文学観なのである。

それに対して、「心なきものにも、心あらするは、詩歌のならひなり」の方も、俊頼、顕昭、仙覚から契沖へと、代々の万葉学者たちに受けつがれてきた伝統的な思想であった。

それらは、『八雲御抄』の伝える「なでふさる事のあらむぞ」という見方、真淵らの「ありのまま」の歌論、または近代の写実主義などによって圧迫され、圧倒され、今日ではほとんど忘れられかけた考え方なのかも知れない。しかし、それは、写実主義につながる歌論に見逃されてきた万葉集の擬人表現の意味を的確にとらえたばかりではなく、さらに詩歌の本質をも明らかにする思想として、いまなお大きな価値を失わないであろう。

万葉集は、そのような表現観によって、新たに読み直されることを待っているのではないだろうか。

第三章　「家もあらなくに」——旅人の恋

1　万葉集の恋の歌

全二十巻のありさま

万葉集は、二十の巻々からなる歌集だが、その全体が、たとえば年代順、または作者別、歌体別、題材別などで歌を並べる方法で統一されているわけではない。

万葉集の編者がとうぜん手本の一つとしたに違いない中国の『文選《もんぜん》』全三十巻（のちに全六十巻）は、賦《ふ》・詩《し》・騒《そう》・七《しち》・詔《しょう》……など計三十七の文体で巻を分け、賦と詩はさらに題材別に作品を並べている。また『玉台新詠《ぎょくだいしんえい》』全十巻も、詩ばかりをまずは詩体別に、そしてそのなかでは詩人の没年順、あるいは官位順に作品を並べるという整然とした秩序をもっている（『中国文化史大事典』）。

それらに対して、こちらはまことに雑然としたありさまである。万葉集の二十の巻々は、巻ごとにその編成の態度を異にする。それぞれの巻が特色をもつのである。

以下、各巻の特徴を順に要約して記しておきたい。文学史の教科書風のちょっと退屈な文章になるかも知れないが、巻々の性格の違いに注意するとともに、全体的な傾向が見られないか、すこし気をつけて読んでもらえるとありがたい。

巻一と巻二は、天皇の御代の順に、巻一は雑歌《ぞうか》、巻二は相聞《そうもん》と挽歌《ばんか》の作を並べる。万葉集の歌の多くは、雑歌、相聞、挽歌の三つに分類されて、それを万葉集の三大部立《ぶたて》と言う。雑歌はさまざまな内容の歌であるが、天皇の歌(御製《ぎょせい》)や、行幸《ぎょうこう》や宴席など、公的な場面で作られた重要な歌がそれに入る。相聞は互いに贈りあった歌であり、その多くは男女のあいだにかわされた恋の歌である。挽歌は人の死をいたむ作である。

巻三は雑歌と挽歌と、ものに譬える表現をとることから譬喩歌《ひゆか》とよばれる歌を集め、巻四はすべて相聞の作である。巻一巻二と同じく、この三と四のふた巻で三つの部立をそろえるが、天皇代で歌を分けることはない。大伴家持ら第四期の歌人たちの作が初めて出てくる。

巻五は、神亀《じんき》五年(七二八)ごろに大宰帥《だざいのそち》として筑紫に赴任した大伴旅人と、そのおりに筑前守《ちくぜんのかみ》であった山上憶良との交遊により生まれた作を主にあつめる。「梅花の歌三十二首」の序、「沈痾自哀文《ちんあじあいぶん》」などの漢文のほか、特徴のある作品を見ることができる。

巻六は主に聖武天皇代の雑歌がその作者名とともに年代順に並べられ、巻七は作者名のない雑歌と譬喩歌などがその題材ごとに編成される。

巻八は、第一章で読んだ志貴皇子の「さわらび」の歌を巻頭歌として、作者名を示した春夏秋冬の歌を、雑歌と相聞に分けて並べる。

巻九は、巻一と巻二を再現するかのように、雄略天皇御製の古歌を巻頭歌にして、雑歌、相聞、挽歌の三つの部立に歌を配列する。

巻十は、巻八と同じく四季の歌を雑歌と相聞に分けて並べる。しかし、巻八とはちがって、作者名はなく、題材ごとに歌を配列する。題材ごとの歌の配列は巻七と同じである。

巻十一と巻十二はすべて作者不明の古今の相聞の歌を上下二巻とする。恋ごころを直接的に表現する「正述心緒《せいじゅつしんしょ》」と、物に托して思いをうたう「寄物陳思《きぶつちんし》」に区別されている。

巻十三はこれも作者不明の歌を、雑歌、相聞、挽歌などに分けて収録する。長歌が多い。古歌のように見えるが、じつは新しい表現も含まれるという不思議な感じの作品が多い。

そして巻十四は「東歌《あづまうた》」、東国地方の短歌を収める。作者名はない。方言が見られ、農村の生活を背景とする表現が少なくない。雑歌や挽歌などもあるが、たいていは相聞の歌である。

巻十五は、前半が、天平八年(七三六)に新羅に派遣された使者一行が船旅で詠った作であり、多くは故郷の妻をおもう歌。そして後半は、その数年の後に、罪を得て越前国に流罪となった中臣宅守《なかとみのやかもり》と、妻の狭野弟上娘子《さののおとがみのおとめ》とのあいだにかわされた相聞の歌である。

巻十六は、長い物語をともなう悲恋の歌があるかと思えば、滑稽な宴席歌や、互いに欠点をあげつらい、からかいあう戯笑歌なども見える特異な巻である。

巻十七から二十までは主として大伴家持の作を、天平二年(七三〇)から天平宝字三年(七五九)までのおよそ三十年のあいだ、年により繁簡の差はあるが、ほぼ年次を追って集める。部立はない。越中守《えっちゅうのかみ》に赴任しての作、帰京して後の作があり、また兵部少輔《ひょうぶのしょうふ》(兵部省の次官)として防人《さきもり》を監督したさいに集めた諸国の防人たちの歌も含まれる。

歌人ハ色ヲ愛ス

巻ごとに性格が違うのは分かってもらえたと思うが、全体的な傾向というと、右の要約だけではつかみにくかったかも知れない。万葉集の歌は、雑歌、相聞、挽歌とそのほかに分けられるのだが、挽歌は少なく、雑歌と相聞の作が多い。なかでも、巻四と巻十一、十二のすべてを占める相聞の歌はほかの巻にもまんべんなく編入されている。その多くが男女の恋をうたう。しかも、雑歌や譬喩歌や羈旅歌《きりょか》(旅の歌)や東歌や防人たちの歌にも、妻を思い、夫を思う作が少なくない。じつは、万葉集の歌は、そのなかば以上が恋の歌なのである。

今までしばしば名をあげてきた江戸時代の古典学者の契沖は、

詩人ハ酒ヲ愛シ、歌人ハ色ヲ愛ス、コレ和漢ノ大体歟《か》

という言葉をのこしている。それは『徒然草』第三段の「よろづにいみじくとも、色好まざらん男は、いとさうざうしく、玉の巵《さかづき》の当《そこ》なき心地《ここち》ぞすべき。」すなわち、どんなに立派でも、色恋を好まない男はひどく物足りないものだとする有名な文章について、『徒然草』の注釈書、青木宗胡《そうこ》著『鉄槌《てっつい》』の余白に書き付けられた感想である。

詩人は、酒をくみかわして男どうしの友情を語ることが多い。たとえば『文選』の詩篇や唐詩には、酒中に友と語らい、友を思う詩がどれほど多いことか。それに対して、歌人は、万葉の人たちをはじめとして、男女の恋ごころをくりかえし詠った。歌と色恋とは切っても切れない関係にあった。つまり、「色好まざらん男は」、恋の歌のひとつも詠まない、無粋な人と言わざるを得ない。おそらく、その書入はそう語るのであろう。

しかも契沖は、それにつづけて、

俊成《しゅんぜい》歌、こひせずは人は心のなからましもののあはれはこれよりぞしる

と、藤原俊成のこれも有名な歌を書き入れている。恋をすればこそ、人は人らしい心をもつことができる。「もののあはれ」は、恋に苦しむことによってはじめて知られるのだから、と言うものである。「色好まざらん男は」、無粋なだけでなく、人の心さえもたないのである。

その歌のその教訓がもしも正しければ、「色ヲ愛」し、相聞の歌をこのんで詠った万葉集の歌人たちは、切ない恋をすることによって、ものに感動し、情緒をふかめ、人としての心を思い知り、その「あはれ」を歌に表したことになるだろう。

そして、万葉の歌にそのような「あはれ」が表現されているとしたら、私たちもまた、万葉集の恋の歌を読むことによって、「もののあはれ」を知り、人らしい心を得ることができる。——そう期待してもよいのではないか。

旅人の「孤悲」

万葉の人々は「色ヲ愛」した。しかし、決して道にはずれた快楽にふけったわけではない。万葉の人たちは、おどろくほどに、きまじめであった。あとでも示すように、旅の夫は「家の妹《いも》」、故郷の妻を思う歌をくりかえし詠った。行幸に従った大臣たちも、また朝鮮半島の新羅との困難な外交交渉のために派遣された使者たちも、都の妻を思う歌ばかりを作った。それは、公務に携わる人たちにしては、ややだらしなく感じられるほどの妻恋いのさまであった。

とは言え、例外がなかったわけではない。二三《にさん》にとどまるが、そちらの例からあげることにしよう。

万葉の時代の旅といえば、役人の地方赴任もあれば、東国から北九州の防備のために派遣された防人《さきもり》たちの旅もあった。

筑紫《つくし》なるにほふ児《こ》ゆゑに陸奥《みちのく》の香取娘子《かとりをとめ》の結《ゆ》ひし紐解《ひもと》く　（巻十四・三四二七）

故郷の陸奥の香取娘子が、再会の日まで解かないでねと約束して結んでくれた衣の下紐なのに、筑紫（九州）の美しい娘になじんで解くことになったと言う。防人の歌だろうか。「にほふ」は、現代語のような嗅覚のことばではなく、色が美しいことを言う。都会の女の美貌にまよって、故郷の妻をうらぎる心のやましさを詠うのである。

かと思えば、赴任先の娘をめとって有頂天な役人もいた。

抜気大首《ぬきけのおほびと》の筑紫《つくし》に任《にん》ぜられし時に、豊前国《ぶぜんのくに》の娘子《をとめ》紐児《ひものこ》を娶《めと》りて作りし歌三首（その一）

豊国《とよくに》の香春《かはる》は我家《わぎへ》紐児《ひものこ》にいつがり居《を》れば香春は我家

（巻九・一七六七）

「いつがる」は、つながるの意であろう。紐の児につながっていたらここが我が家なのだとはいい気なものである。

また、土地の遊女をめとって重婚状態にある下役を叱りつける越中守大伴家持の長歌短歌もあった（巻十八・四一〇六―四一〇九）。

しかし、それらは数少ない例外であり、万葉の旅人のほとんどは故郷の妻を思う歌を詠いつづけた。たとえば、右の越中守家持も、次のように、都の妻を恋い慕った。

天離《あまざか》る鄙《ひな》とも著《しる》くここだくも繁《しげ》き恋かも和《な》ぐる日もなく

（巻十七・四〇一九）

天平二十年（七四八）正月の四首連作の第三首である。都から遠く隔っているのがよく分かる、こんなにひどい恋の思いがやわらぐ日もなく続くので……と詠うのだが、その「繁き恋」とは、もちろん都にいる妻への恋ごころである。

右の第四句の原文は「之気伎孤悲可毛」である。その七文字はどれも音仮名なのだが、そこに「孤悲」の二字が含まれる。もちろん「こひ」と読むものである。「こひ」は、名詞と動詞の連用形、形容詞「こひし」の語幹とを合わせて、万葉集には、およそ六百ほども見られる言葉である。それらは、たいていが「恋」という正訓の文字で記されるのだが、なかには三十例の「孤悲」の音仮名もあった。その「孤悲」が、コヒという音を示すと同時に、「孤独の悲しみ」という意味をも重ねて表現しようとする文字であることは明らかであろう。「こひ」とは、ともに過ごしたい人がそばにいない孤独の悲しみを言う。「孤悲」の二字ほどその心を表すにふさわしい文字はない。そして、我が家を離れた旅人ほど、その「孤悲」を痛切に感じる人はいないはずである。

以下、万葉集の旅の歌に「孤悲」の「あはれ」を味わうことにしよう。

2　旅の歌の「あはれ」

非現実的な、おさない願望

旅人の恋は、旅立ちのその時に、はやくも痛切をきわめるものであろう。

柿本人麻呂が石見国の妻に別れて上京する時の長歌がある。その末尾に次のように詠う。

夏草《なつくさ》の　思ひ萎《しな》えて　偲《しの》ふらむ　妹《いも》が門《かど》見む　なびけこの山　（巻二・一三一）

夏の草が暑さに萎《しお》れるように、妻は心萎れて私のことを思っているだろう。ああ妻の家が見たい、山よ、なびいてくれ、低くなって妻の家を見せてくれと言う。前章でとりあげた擬人表現がここにもあった。現実にはありえないことを願うこの言葉によって、このまま妻の家を見つづけたいという思いのはなはだしさを表現したのである。

天皇の行幸につきしたがう大臣たちも妻を思った。

石上大臣《いそのかみのだいじん》の、従駕《じゅうが》して作りし歌

我妹子《わぎもこ》をいざみの山を高《たか》みかも大和《やまと》の見えぬ国遠みかも　（巻一・四四）

伊勢への行幸に従った石上大臣が、旅の途上、妻を「いざ見む（さあ見よう）」という名のいざみ山が高いせいか、妻のいる大和の国が見えない。いや、山はそれほど高くはないけれども、国を遠くへだてたせいだろうかと、妻恋いの心を詠ったのがこの歌である。

また、新羅に派遣された使者たちも妻を思った。巻十五の前半に集められた彼らの歌のなかに次の二首が見える。周防灘《すおうなだ》で暴風にあい、豊前国《ぶぜんのくに》（大分県）の沖あいに流れ着いたおりの妻恋いの歌である。

海原《うなはら》の沖辺《おきへ》に灯《とも》しいざる火は明《あ》かして灯《とも》せ大和島《やまとしま》見む　（三六四八）

ぬばたまの夜《よ》渡る月ははやも出《い》でぬかも海原《うなはら》の八十島《やそしま》の上《うへ》ゆ妹《いも》があたり見む　（三六五一）

「海原の」の歌は、漁火《いさりび》をたく漁船に、火をもっと明るくともしてくれよ、その光で妻のいる大和の山々を見たいからと願う。そして「ぬばたまの」は、五七七、五七七の旋頭歌《せどうか》といわれる歌体だが、月よ早く出てくれ、島々の向こうに妻の家のあたりを見たいからと詠う。

もちろん、漁火をいくら明るく灯しても、また月がいかに皎々《こうこう》と照っても、はるかに遠い大和の山、妻の家が見えるはずがない。旅人たちは、そのような不合理な、非現実的なことを願った。無茶なことを詠った。恋ごころが、そう詠わせるほど、せまっていたのである。

契沖『万葉代匠記』(初稿本)は、さきの人麻呂の「なびけこの山」の歌について、

なびけこの山は、うごきなき物なるを、故郷のみえぬをわびて、せめてのことにいふは、歌のならひおもしろき事なり。

と言う。動くはずのない山に「なびけ」と命ずるのは、故郷こいしさに、せめてそうあってくれと表現するものであり、それが「歌のならひ」、歌の常のありかただと説くのである。

また、「いざみの山を」の歌についても、契沖は、

(家が見えないのは、山が高いからか、国が遠いからかと)はかなうよみなしたまへるは、歌のならひなり。詩歌は、はかなきやうなるが、感情《かんせい》ありておもしろきなり。議論をこのめるは、なさけをくるゝなり。

と述べている。山が高いから妻の家が見えないのか、遠く来てしまったから見えないのかとは、まるで子供のような、らちもない問いだろう。そのように「はかなう(道理にあわず、子供っぽく)」詠むのを、ここでも「歌のならひ」だと契沖は言う。歌とはそのようなものだ。歌も詩も、それでこそ、しみじみとした思いを表すことができるのだ。そして、「議論をこのめるは」

とは、ここでは中国宋代の詩を意識してそう述べるのだが、それらが詩で議論し、道義を説くことを好むのは、人の情を知らないものだと論じるのである。

宋代の詩との対比は今は置こう。それはともかくとして、契沖は、「なびけこの山」「いざみの山を」の二つの歌が、動くはずのない山に動けと言い、また妻の家が見えないことに子供のようにまどう心を表現すること、つまり、実現するはずもないこと、あるいは理屈もとおらないことをあえて言うことにより、心の感動を深く表しているのだと説くのである。

また、新羅への使者の「海原の」の歌については、春満の弟の荷田信名《のぶな》の『万葉集童蒙抄《どうもうしょう》』は、漁火で大和が見えるはずもないことについて、「歌の情はかく稚《をさな》く詠めるを雅情とするなり」と述べる。

旅人の恋の心は、「稚《をさな》く」「はかなう」よむ言葉に、すなわち子供っぽく、非現実的な表現に、かえって、のこりなく表されると、契沖も信名も考えたのである。

遣新羅使の妻恋いの歌

天平八年(七三六)夏六月、新羅へ派遣された使者たちは、秋には帰国できるという期待も空しく、暴風にあい、疫病により仲間を失い、おまけに新羅との交渉も不調に終わって、失意のままに、翌年の春、ようやく帰京した。さんざんな旅であった。そのあいだに作られ、また詠唱された古歌をまとめたのが巻十五の前半の百四十五首である。そのうちの二首はすでに紹介したが、さらに何首かを引いてみよう。

その歌群は、難波の港で別れる妻と夫との唱和にはじまる。

武庫《むこ》の浦《うら》の入江《いりえ》の渚鳥《すどり》羽《は》ぐくもる君を離《はな》れて恋に死ぬべし　（三五七八）

大船《おほぶね》に妹《いも》乗るものにあらませば羽《は》ぐくみ持ちて行《ゆ》かましものを　（三五七九）

「武庫《むこ》の浦《うら》の」は妻の歌。あの武庫の入り江の水鳥が雛をはぐくむようにして大切にしてくださったあなたから離れたら、わたしはきっと恋の思いに死んでしまうでしょう。そして、「大《おほ》船《ぶね》に」は夫の歌。この船に妹が乗れるものなら、羽にくるんで持ってゆきたいのだが、と詠う。

その夫の歌の「乗るものにあらませば」の(マ)セバと、「行かましものを」のマシ(モノ)ヲの呼応は、万葉集にしばしば見られる表現の型である。現実的にはありえないことを仮想し、それを願望する心であり、同じ歌群に類例が少なくない。

妹《いも》が家路《いへぢ》近くありせば見れど飽《あ》かぬ麻里布《まりふ》の浦を見せましものを　（三六三五）

ぬばたまの夜《よ》渡る月にあらませば家なる妹《いも》に逢ひて来《こ》ましを　（三六七一）

「妹が家路」の歌は、周防国(山口県)の麻里布の海の景色を、もしも家が近くにあれば、妻を呼んで見せてやれるのにと詠い、「ぬばたまの」の歌は、筑前国(福岡県)の海浜で月を眺めながら、あの月のように空を自由に行き来できるなら、家にいる妻に逢って、またここに戻ってこられるのにと言う。妻の家(すなわち我が家)が近くにあること、我が身を月になすことは絶対にありえない空想に過ぎない。さきの、漁火や月光で我が家を見たいと願った歌と同様に、旅人の妻恋いの心は、そのような不合理、非現実的な願望までを生んだのである。

もちろん、そのような子供らしい願望は、たちまち現実に引き戻されなければならない。

いよいよ難波の港から出航する時に、ある使人はこう詠った。

海原《うなはら》に浮《う》き寝《ね》せむ夜《よ》は沖《おき》つ風いたくな吹きそ妹《いも》もあらなくに　(三五九二)

これから海に浮かんで寝る夜には、沖の風よ強く吹くな、妻がそばにいるわけではないのにと言う。また、その半年ののち、新羅から帰国の途中、播磨国の家島まで来たところでも使者のひとりは同じように詠った。

家島《いへしま》は名にこそありけれ海原《うなはら》を我《あ》が恋ひ来《き》つる妹もあらなくに　(三七一八)

「家」には「妻」がいるものなのに、「家島」とはしょせん名前にすぎなかった。旅中に思いつづけた「妻」がそこにいるわけではないのにと詠う。

しかし、旅のそらに故郷の妻がいないのは、あまりにも当然のことである。それにもかかわらず、旅人が「妹もあらなくに」と嘆くのはなぜか。

その嘆きは、彼らが「妹が家路近くありせば」「家なる妹に逢ひて来ましを」などという非現実的な願いを常にいだいていたことの裏返しであった。「妹もあらなくに」は、いま、そばに妻がいてほしいという彼らの「孤悲」が生んだ願望と、その幻滅の表現なのである。

もちろん、それは新羅への使者だけの表現ではなかった。巻十二の相聞の歌にも詠われていた。

鈴鹿《すずか》川《がは》八十《やそ》瀬《せ》渡りて誰《た》がゆゑか夜越《よご》えに越《こ》えむ妻もあらなくに　（三一五六）

鈴鹿川のたくさんの浅瀬をわたって、夜中に川を越えて行く。このように苦しい旅を続けるのはいったい誰のためなのだろう。妻よ、この先に、あなたがいるわけでないのに……。

この旅人も、旅のゆくてに我が妻がいることを空しく希求したのである。

いま、ここに妻を

万葉集の旅人は、旅先に妻がいることを空想し、妻に逢うことを願った。

では、次の歌はどうだろうか。

長屋王《ながやのおほきみ》の、馬《うま》を寧《な》楽《ら》山《やま》に駐《とど》めて作りし歌二首（その一）

佐保《さほ》過ぎて奈良のたむけに置く幣《ぬさ》は妹《いも》を目離《めか》れず相見《あひみ》しめとそ　（巻三・三〇〇）

佐保の地を通り、奈良山の峠に来て、いよいよこれから山城国（京都府）の方に進もうとして、峠の神にお供えをささげた。そして、妻を「目離れず」、すなわち、妻の目から離れることなく、妻を見させて下さいと祈ったのである。

しかし、これから旅に出ようとする夫が、どうして妻を見続けたいなどと願えるだろうか。それを不自然なこととして、この「目離《めか》れず相見《あひみ》しめ」を、それほど間をおかずに逢わせて下さいの意と解釈する注釈書がある（澤瀉『注釈』）。たしかに、いま別れてきたばかりの妻を見続けたいなどとは、あまりにも不合理な願望に見えるだろう。ふつうは、そうは願わない。旅が短く終わるようにと祈る方が、よほど理にかなった自然な心理であろう。

しかし、同じような状況の妻と夫に、次のような歌の贈答があった（巻九）。

宇合卿《うまかひきやう》の歌三首（その二と三）

山科《やましな》の石田《いはた》の小野《をの》のははそ原《はら》見つつか君が山道《やまぢ》越《こ》ゆらむ　（一七三〇）

山科の石田の社《もり》に幣置《ぬさお》かばけだし我妹《わぎも》に直《ただ》に逢はむかも　（一七三一）

奈良山を越え、宇治を過ぎ、さらに北に進めば山科の石田である。あなたは今ごろ、その野のコナラの林を見ながら山路を越えていらっしゃるのでしょうかと都の妻が思いやったのに対して、旅の夫が、石田の神にお供えをすれば、じかに妹に逢えるだろうかと答えたのである。

夢に逢いたいと言うのではない。旅の夫が故郷の妻をせめて夢に見たいと思う歌は少なくないが、この歌はそうではない。また一日も早く見たいと願ったのでもない。「直《ただ》に」、じかに妻に逢うことを願った。いま目の前に妻を見せてほしいと神に祈ったのである。

それなら、先の「目離《めか》れず相見《あひみ》しめ」も、文字どおりに、妻の目から離れず、旅のあいだも、妻を見まもり続けたいという願望の言葉と理解できるだろう。
もちろん、そんな願いがかなえられるはずはない。

土師宿禰水道《はじのすくねみみち》の、筑紫《つくし》より京《みやこ》に上《のぼ》る海路《かいろ》にして作りし歌二首(その二)

ちはやぶる神《かみ》の社《やしろ》にわが掛《か》けし幣《ぬさ》は賜《たば》らむ妹《いも》に逢はなくに

(巻四・五五八)

九州から奈良の都に帰る船路での歌である。船がやがて難波に着き、都の妻の家にたどりつく日を待ちきれない。いま、ここに妻を見たいと、(ちはやぶる)神の社に幣《ぬさ》をささげて祈ったのに、妻はいっこうに現れない。こんなことなら、差し上げた供え物をかえしてもらいたいと、いきどおりを神にぶつけるのである。まるでだだをこねる子供のようだ。旅人は、遠からず妻に逢えるという冷静な心をもつことができない。いますぐここで妻に逢いたいという理不尽な思いをつのらせる。せめて、そう幼く詠むことによって、旅の「孤悲《こひ》」をなだめようとしたのである。

まぼろしの妻

しかし、そのように神の力を借りることもなく、またもとより夜の夢でもなく、旅人が妻をありありと見ることもあった。巻十二の「羈旅発思」の部立にそのように詠う二首が並べられている。

遠《とほ》くあれば姿《すがた》は見えね常《つね》のごと妹《いも》が笑《ゑ》まひは面影《おもかげ》にして　（三一三七）

年も経《へ》ず帰り来《こ》なむと朝影《あさかげ》に待つらむ妹し面影に見ゆ　（三一三八）

「遠くあれば」、遠く離れているので姿は見えないけれども、あなたの笑顔はいつものように面影に見えているよと、また「年も経ず」、年が改まらないうちに帰ってくるはずと、朝日に映る影のように痩せ細った身で私を待っているあなたが面影に見えるよと、旅の夫は詠うのである。

そして巻九には、やはり二首つづけてまぼろしの妻が描かれている。

那賀郡《なかのこほり》の曝井《さらしゐ》の歌一首

三栗《みつぐり》の那賀《なか》に向かへる曝井《さらしゐ》の絶えず通《かよ》はむそこに妻《つま》もが　（一七四五）

手綱《たづな》の浜の歌一首

遠妻《とほづま》し多珂《たか》にありせば知らずとも手綱《たづな》の浜の尋《たづ》ね来《き》なまし　（一七四六）

下級官吏として常陸国《ひたちのくに》（茨城県）に赴任したことのある高橋虫麻呂の作であり、「那賀《なか》」「三栗《みつぐり》」「手綱《たづな》」「多珂《たか》」はいずれもその国の地名である。「三栗の」の歌は、近所の女たちが布を洗い、それを乾してさらすという井戸を見て、そこに集う女たちのなかに、都の妻がいたらなあ、もしいてくれたら、絶えずわきつづけるこの泉の水のように、絶えずここに通おうものをと言い、また「遠妻し」の歌は、この多珂に遠く離れた妻がいるなら、知らない土地だが、手綱の名のその「たづな」のように尋ねてくるのになあと詠うのである。ともに言葉あそびのある作であり、妻のまぼろしをこの地に見たと言うわけではない。しかし、旅先に遠い都の妻が現れるというあまりにも非常識な事態を空想し、それをひそかに願う心を詠うのである。

万葉集の旅人は、「妹《いも》もあらなくに」「妹に逢はなくに」と、旅のそらに妻がいないことを悲嘆したり、また「妹を目離《めか》れず相見《あひみ》しめ」と、旅先でじかに妻に逢うことを神に祈ったり、あるいは「妹が笑《ゑ》まひは」と、その笑顔を面影に見たり、「そこに妻もが」と、妻が旅の土地に姿を見せることを空想した。道理にあわない、非現実的な思いをつくして、旅の「孤悲《こひ》」を語ろうとした。しかし、そのような歌は、『古今集』以降の王朝和歌の世界には、おそらくは見つけることの難しいものであろう。

たとえば『新古今集』の羈旅歌の部には百首たらずの歌がある。すべて旅の愁いを詠うのだが、故郷の妻を思う作はさほど多くはない。そのなかから次の三首を選んでみた。

笹《ささ》の葉はみ山もそよにみだるなり我は妹《いも》おもふ別れ来《き》ぬれば　（九〇〇）
駿河《するが》なる宇津《うつ》の山辺《やまべ》のうつつにも夢にも人に逢はぬなりけり　（九〇四）
ふるさとの今日《けふ》の面影《おもかげ》さそひ来《こ》と月にぞちぎる佐夜《さよ》の中山《なかやま》　（九四〇）

「笹の葉は」は柿本人麻呂、「駿河なる」は在原業平、そして「ふるさとの」は藤原雅経《まさつね》の作である。万葉、古今、新古今の各時代の歌を抜いてみたのだが、どれも故郷の妻との隔絶を現実として認めたうえで、妻を思い、妻が夢に見えぬことを嘆き、面影ですら、「面影に見ゆ」などとは言わず、今日の妻の面影をはるかに運んで来るようにと、月にむかって願っている。このほかの歌も同様である。どれも、先にあげた万葉の旅人たちの詠のように、旅先に妻がいないと嘆いたり、妻の面影をありありと目にしたり、ここに妻が現れたらと想像したりはしない。そんな歌は『新古今集』には詠われず、また選ばれてもいない。この時代の歌人そして選者たちは、そうした非現実的な、古代的な表現からはすでに遠いところに来ていたのであろう。「おそろし、いかがさる事あらむ、まことしからず」(第二章、74ページ)という非難の言葉は、それらの万葉の旅の恋の歌の不合理な表現にも、あるいは、あてはまるものだったかも知れない。

3　いま、ここに我が家を

「佐野の渡りに家もあらなくに」

万葉集の旅の歌には名歌が少なくないが、次の作はなかでも特に知られた一首であろう。あとでも引用するように、『源氏物語』東屋《あずまや》の巻で、薫《かおる》君が口ずさんだ歌でもあった。

長忌寸奥麻呂《ながのいみきおきまろ》の歌一首

苦《くる》しくも降《ふ》り来《く》る雨か三輪《みわ》の崎佐野《さきさの》の渡《わた》りに家もあらなくに　（巻三・二六五）

万葉集では、旅は苦しいものと詠われることが多かったが、旅の道で雨にあうのはとりわけ身にしむつらさだっただろう。まして、三輪の崎、佐野といえば紀伊半島の南端、都からはるかに遠く、また激しい雨の降る地でもあった。

作者の奥麻呂は、その苦しみをうたい、「家もあらなくに」と詠嘆したのだが、その「家もないのに……」とは、どのような心なのだろうか。

二つの注釈書の口語訳を次にならべてみよう。

日本古典文学大系（昭和三十二年）

こまったことに降って来る雨だ。神《みわ》が崎の佐野の渡り場には雨やどりする家もないのに。

日本古典文学全集（昭和四十六年）

せつなくも　降ってくる雨だ　三輪《みわ》の崎《さき》の　佐野の渡し場に　家の者もいないのに

十数年を隔てて刊行された二つの注釈書だが、「家もあらなくに」の訳がまったく違う。「雨やどりする家もないのに」と「家の者もいないのに」と、異なるのである。

多くの万葉注釈書のなかで特に右の二つを選んで示したのは、じつは、前者以前の注釈書のすべてが「家」を雨やどりのできる人家と解しており、また後者から今日にいたる注釈書のほとんどが「家」を自分の家族、あるいは家族のいるわが家としているからである。解釈は昭和のこの時期でくっきりと分かれる。二つは、いわばその分水嶺近くに位置する注釈書であった。

それにしても、他人の家とわが家では大ちがいである。解釈は、どうしてそれほど極端に変わってしまったのだろうか。

昭和四十六年刊行の古典全集で解釈が改められた背景には、おそらく次の二つの研究があったであろう。まず後藤和彦「いへとやど——万葉を中心に」(「国語国文薩摩路」十一号・昭和四十二年)は、万葉集の「いへ」は「はしけやし(したわしい)」「にきびにし(親しんだ)」「敷《しき》たへの(枕や床の枕詞)」に修飾されることが多いことから、心情的な言葉と見られること、また「いへ」を主語として、「居《を》り」「恋ふ」「念《おも》ふ」「待つ」などを述語とする表現が多いことから、「いへ」は人格的に表現された語と考えられることを説いて、「やど」が建造物そのものとして客観的な、即物的なとらえ方をされるのに対して、「いへ」は私生活の場として、それを精神的、主観的に見た言葉であり、家人とほぼ同じ意味に用いられたことを論じたものである。

それに続いて、真鍋次郎「家もあらなくに」(「万葉」七十四号・昭和四十五年)は、ほかならず奥麻呂の歌のこの句について考察する。たとえば、近江の高島に宿った旅の愁いをうたう万葉集の作に、

高島《たかしま》の阿渡《あど》白波《しらなみ》は騒《さわ》けども我《われ》は家思《いへおも》ふ廬《いほ》り悲しみ　(巻七・一二三八)

高島の阿渡川波《かはなみ》は騒けども我は家思ふ宿《やど》り悲しみ　(巻九・一六九〇)

という類歌がある。ともに「安曇川の波は音高いけれども、私は家を思う、旅宿の一夜を悲しんで」という意だが、そこからも分かるように、「いほり」「やどり」が旅先で一時的に滞在する家屋であるのに対して、「いへ」は旅人がふだん生活する恒常的な家庭を言う。そのような「いへ」は、旅をする作者の立場からは、要するに故郷の我が家の意味になる。したがって、「家もあらなくに」とは、「濡れ衣をあぶり干《ほ》す等その身辺を何くれと世話してくれる妻の姿を大きく意識し、更にその妻と遠くはなれてゐることを感じて」うたわれた表現なのだと説くのである。

とりわけ、後者の論の影響力が大きかったであろう。その刊行の翌年に出た古典全集が「家もあらなくに」を「家の者もいないのに」と訳したのを始めとして、それに続く多くの注釈書も、「家」を「家人」や「我が家」と解釈するようになったのである。

二つの疑問

それだけでは納得しかねると感じる方もいるだろうか。万葉集の「いへ」が自分の家庭や家族をさす場合が多いとしても、そればかりではなく、人の家を言うこともあるのではないか。

あるいは、旅先に自分の家がなく、家族がいないのはあたりまえなのだから、どうして「家の者もいないのに」などとことさらに言うのか。そんな疑問が浮かぶかも知れない。

先の後藤論文によれば、万葉集には「いへ」の語が百四十八例あるという。東国方言の「いは」の語形を含めるとさらに増える。それらのほとんどは、「我は家思ふ宿《やど》り悲しみ」の例のように、我が家、あるいは家人を意味する。その点では、二つの論文の説くことに間違いはない。しかし、そのような例がすべてではない。

一例をあげれば、聖武天皇が遷都をくりかえしたせいでわずか三年で廃都になってしまった久迩京《くにきょう》の荒廃を詠う長歌(巻六・一〇五九)の一節には、次のような「いへ」がある。

古《ふ》りにし　里《さと》にしあれば　国見《くにみ》れど　人も通《かよ》はず　里見れば　家も荒れたり

「家も荒れたり」は、住む人のいなくなった家が荒れはてていることを言う。この「いへ」は、明らかに人家の意味である。少数ながら、そのような例がある。それなら、「家もあらなくに」も、雨宿りできるような人の家がないことよの意に、解釈できないこともない。

しかし、右の「家も荒れたり」は、久迩京の荒廃のさまをとらえた描写である。そのような客観的な叙述のなかの「いへ」は、人家の意にもなるだろう。しかし、主観的な歌詞においては、二つの論文が言うとおり、「いへ」は、「我は家思ふ宿《やど》り悲しみ」のように、我が家、我が家族の意に限られる。しかも、万葉集の歌のほとんどは叙情的な作である。なかでも、「家もあらなくに」と同じ歌末の「〜もあらなくに」の句は、前節(98〜99ページ)にあげたいくつかの例のように、また次にあげる例のように、後悔や失望や、あるいは悲嘆をうたうきわめて主情的な表現であった。

「〜もあらなくに」

謀反の罪により大津皇子《おおつのみこ》が殺された後、姉の前斎宮《さきのさいくう》、大来皇女《おおくのひめみこ》は、伊勢から飛鳥の都に帰りついて、こう悔やんだ。

神風《かむかぜ》の伊勢《いせ》の国にもあらましをなにしか来《き》けむ君もあらなくに　(巻二・一六三)

(神風の)伊勢の国におればよかった。どうして都にもどったのか、あなたもいないのに……。弟が刑死した事実はもちろん承知していたはずだが、「君もあらなくに」と、その不在をいまさらのように悲嘆したのである。

あるいは、文武天皇の吉野宮行幸にしたがった長屋王《ながやのおおきみ》は、道々つぎのように詠った。

宇治間山朝風《うぢまやまあさかぜ》寒し旅にして衣《ころもか》貸すべき妹《いも》もあらなくに　(巻一・七五)

朝の風の冷たさを感じるにつけて、これを重ねなさいと衣を貸してくれる妻はここにいないのにと、悲しむのである。

先(98ページ)にも引用した、新羅へと向かう船の中で、使者のひとりが、

海原《うなはら》に浮《う》き寝《ね》せむ夜《よ》は沖《おき》つ風いたくな吹きそ妹《いも》もあらなくに　(巻十五・三五九二)

と詠ったのも同じ心である。船に妻がいないのは当然のことである。それなのに旅人は、冷た

い風が吹き始めた船の上で、風よ、はげしく吹くな、ここには妻がいないのだから。衣を貸してくれ、暖めてくれる家の妻がいないのだからと、嘆くのである。

沫雪《あわゆき》は今日はな降りそ白たへの袖まき乾《ほ》さむ人もあらなくに　（巻十・二三二一）

泡のような雪よ、今日は降るな、（白たへの）私の袖を手枕にして寝て、乾かしてくれるあの人もいないのにと詠う。旅の道で雪に降られた男の妻恋いの作である。

もう一つの「家もあらなくに」

そして、万葉集には「家もあらなくに」の句がもう一つあった。

舎人娘子《とねりのをとめ》の雪《ゆき》の歌一首

大口《おほくち》の真神《まかみ》の原《はら》に降る雪はいたくな降りそ家《いへ》もあらなくに　（巻八・一六三六）

「大口の」は「真神（オオカミ）」の枕詞。「真神の原」とは、大口をあけたオオカミがうろうろしていそうな恐ろしい名前の原なのだが、日本書紀には、崇峻《すしゅん》天皇元年（五八八）に法興寺《ほうこうじ》（飛鳥《あすか》寺《でら》）を作り、その地を「飛鳥の真神原と名《なづ》けた」とある。また、柿本人麻呂の高市皇子《たけちのみこ》挽歌には、天武天皇が「明日香《あすか》の真神の原」に宮を定めたと詠っていた（巻二・一九九）。

舎人娘子はその後の藤原京の時代の人だが、そのころも飛鳥寺は変わらずに真神原にあった。また、かつての都の中心地に人家がなかったはずはない。「家もあらなくに」とは、建物がないことの叙述ではありえず、ここに我が家はないのにという詠嘆であった。雪に濡れて、ああ、ここに我が家があれば、すぐに駆け込み、衣を乾かせるのにと思った、非現実的な、おさない願望をこめた表現であった。

「佐野の渡りに家もあらなくに」と詠ったのも、そのような主観的、叙情的な表現である。その「いへ」は客観的にとらえられた人家の意ではない。紀州のこの地に我が家もなく、家族もいないのは厳然たる事実なのだが、いま、ここに我が家があれば、また妻がいれば、降りしきる雨に濡れたこの衣をほすことができるのに、妻が冷え切ったこの身を暖めてくれるのにと、せつなく希求し、それが現実でないことを悲しむのである。

それは、先に見た数多くの妻恋いの歌が、妻が旅の地に姿を見せることを祈ったり、「妹もあらなくに」などと、旅路に妻がいないことを嘆いたりしたことに通じる心情であった。

万葉の旅人は、そのように非現実的な、不合理はなはだしい願望と、その幻滅によって、「孤悲《こひ》」の思いを余すところなく表現したのである。

4 「駒《こま》とめて袖うちはらふかげもなし」

藤原定家の歌

そのような万葉集の恋の表現は、王朝の和歌にはどのように受け止められただろうか。『新古今和歌集』冬の巻に次の歌が見える。

百首歌たてまつりし時　　　定家朝臣
駒《こま》とめて袖うちはらふかげもなし佐野《さの》の渡りの雪の夕暮　（六七一）

詞書の「百首歌」とは、正治二年（一二〇〇）の秋、御鳥羽上皇が二十二名の臣下に、春・夏・秋・冬から祝までの九つの題のもとに百首ひと組の歌を作らせたものである。

藤原定家がその百首を作ったのは秋七月から八月にかけてであり、もちろん「雪の夕暮」の季節ではない。また「佐野の渡り」は、万葉集の「苦しくも降り来る雨か……」の歌詞の一部分を借りたものだが、定家は、紀伊半島南端のその地をもちろん知らなかった。そもそも、この万葉歌の「三輪の崎佐野の渡り」は、平安時代以来、大和の国にあるものと誤解されていた、いわば架空の地であった。前章に引いた「歌人はゐながらめいしよをしる」（76ページ）のことわざどおり、定家は、都にいながら、万葉の歌によって「佐野の渡り」の地のありさまを想像して、このように詠ったのである。

万葉集と、古今より後拾遺までの四つの勅撰集から歌のことばを抄録した定家撰『五代簡要』には、「みわのさきさののわたり　ふりくるあめ」と記している。その書は「駒とめて」の歌の十年ほどのちに作られたものではあるが、定家は、「三輪の崎佐野の渡り」が「ふりくるあめ」と詠われた地であることを、早くから承知していたことであろう。

本歌取

「駒とめて」の歌のように、古歌の言葉の一部を借り、また古歌の情趣をとりこんで新たな歌を作ることを本歌取《ほんかどり》と言う。そして、この「駒とめて」こそ、本歌取の歌のお手本ともすべき秀歌と古くから評価されたものであった。

たとえば室町時代に『愚問賢注《ぐもんけんちゅう》』という歌論の書があった。二条良基《にじょうよしもと》が歌について質問し、師の頓阿《とんあ》がそれに答えるという体裁で作られた本である。そこに、「万葉に、さののわたりに家もあらなくにといふを、定家卿とりて、袖うちはらふかげもなしとよめる、これは本歌をとる本《ほん》など申、しかるべきにや(本当にそうなのでしょうか)」という質問に対して、頓阿は、本歌取の種類をいくつか挙げて、その一つに「本歌の心になりかへりて、しかも本歌をへつらはずして、あたらしき心をよめる体《てい》」があることを述べ、「さののわたりの雪の夕暮も此類也《このたぐひ》」と答えている。

頓阿の答えのうち、「本歌の心になりかへりて」とは、「降り来る雨」に苦しみ、「家もあらなくに」と嘆く本歌の心に即しての意であろう。そして、「しかも本歌をへつらはずして」とは、その上で、「降り来る雨」の表現には必ずしもこだわらないで、それを「雪」に変えたことを言うのであろう。そうして、袖に降りつもる雪を払い落とす物かげのないことを詠った。そこが「あたらしき心をよ」んだところだと頓阿は考えた。「本歌の心」を正しく受けつつ、それを雪の夕暮の景に転じたところに、本歌取の技法のみごとな達成を見たのである。

頓阿のその評価は、同じ本歌を取る同時代の三例と比較すれば納得しやすいであろう。

『水無瀬《みなせ》恋十五首歌合』建仁二年(一二〇二)

　ゆくへなき宿《やど》はととへば涙のみ佐野の渡りのむら雨《さめ》の空　(藤原定家)

『道助法親王家《どうじょほっしんのうけ》五十首和歌』承久二年(一二二〇)ごろまでの成立

　宿もがな佐野の渡りのさのみやは濡《ぬ》れてもゆかん春雨の空　(源家長)

『洞院摂政家《とういんせっしょうけ》百首』貞永元年(一二三二)

　三輪の崎佐野の渡りの夕暮に濡れて宿なき五月雨《さみだれ》の空　(藤原頼氏)

定家自身の別の作もふくめて、三作ともに、本歌の「苦しくも降り来る雨か」を受けて、旅路の雨を詠い、また「宿はととへば」「宿もがな」「宿なき」と、雨宿りしたくとも人家のない苦しさを詠う。もちろん、それぞれ新しい工夫を加えている。定家の作は、「涙」が「むら雨（にわか雨）」になることを詠みこみ、家長《いえなが》の歌は、さほど冷たくもない春の雨だが、「佐野」の縁語で「さのみやは」、そのように濡れてばかりもいられないので宿を取りたいと言い、頼氏《よりうじ》は、その雨を梅雨の長雨にするなどと、三首ともに新しい心を取り入れている。しかし、それも「駒とめて」の作が、一面の雪景色のなかに袖の雪をはらう物かげがないこととした、その展開のあざやかさには遠く及ばないだろう。その歌が「本歌をとる本」と賞賛されたのも当然のことであった。

しかし、そのことは置いて、ここで改めて注意しておきたいのは、これらの本歌取の作が、いずれも本歌の「家もあらなくに」を、我が家もないのに、家の妻もいないのに、ではなく、（雨宿りできる）人家がないのにの意味に解していることである。ひとしく「家」を「宿」の語に置きかえている。それが鎌倉時代の歌人たちの「苦しくも」の歌の共通理解であった。

そのことは、前章にも紹介した順徳院『八雲御抄』に、その巻五、歌枕《うたまくら》（歌の名所）を列挙したところに、

渡　さのの同（大和）（万。みわのさき。家なし。さのの渡は家なしと万葉にもいへり。）

と記すことからも分かるであろう。さきにも述べたように、「佐野の渡り」は当時は大和の国の名所とされていたのだが、そこは「万」、つまり万葉集では「家なし」と詠われていると注

記する。人家のない寂しい土地と考えていたのである。

江戸時代と平安時代の読み方

ところが「佐野の渡り」は紀伊国にあった。江戸時代、契沖の『万葉代匠記』(初稿本)は、そのことを論じて、次のような伝聞を記す。

ある僧の紀州に縁《えん》ありて、たびたびまかりけるがかたれるは、熊野にちかき海べにみわさきといふ所ありて、やがてとなりてさのといふ所あり。ともに家もあまたある所なりと申《まうし》き。

紀州に行き通うことのある僧侶から、熊野に近い海岸に三輪崎という所があり、またすぐ隣に佐野という地もあって、どちらも家がたくさんある所だと聞いたことを書き留めるのである。

この指摘によって、「三輪の崎佐野の渡り」は紀州の地に定まった。しかし、「ともに家もあまたある所なりと申き」とわざわざ記した契沖は、「家もあらなくに」を、定家らと同様に、人家もないのにの意に理解していたに違いない。今でこそ家が増えたが、万葉の時代には家はなかった。佐野とはそんな土地だったと考えたのであろう。

それ以降、先にあげた古典大系の「雨やどりする家もないのに」の訳まで、その解釈は微動だにしなかった。昭和四十年代に入り、それがやっと改められたのである。

それでは、平安時代ではどうだったのか。「苦しくも」の歌は、万葉歌を数多く載せる『古今和歌六帖』には入らないのだが、先にも触れたように『源氏物語』東屋の巻には次のように見える。

恋慕した宇治の大君《おおいぎみ》に先立たれた薫《かおる》の君が、大君にうり二つというその異母妹の浮舟《うきふね》の存在を知り、心をひかれる。やがて、薫は浮舟がひそかに住む三条の小家を訪れ、雨のなか、偽ってその門の中に入る。そして、

「佐野のわたりに家もあらなくに」など口ずさびて、さとびたる簀子《すのこ》のはしつかたにゐ給へり。

と、粗末な縁側の端《はし》に座を占める。普段おとなしく、優柔不断な薫の君に似あわぬその強引なふるまいに、読者が驚かされる一場面である。

薫の君が口ずさんだのは、もちろん万葉集の「苦しくも」の歌であり、その上《かみ》の句の「苦しくも降り来る雨か」によって、右の引用の直前に見える「雨やや降り来《く》れば、空はいと暗《くら》し」の一文を受けている。

降りしきる雨のなか、ほかに雨をしのぐ家がないのでという意味あいを「家もあらなくに」にこめて、この軒先をお借りしたいと、濡《ぬ》れ縁《えん》の上に座したのである。

薫の君も、やはり「家もあらなくに」を「雨やどりする家もないのに」の意に解していた。

紫式部が、そう読んでいたのである。

万葉集の旅人は、まのあたりに妻を見ることを神に祈り、まぼろしに妻を見、妻が旅先に現れることを想像した。そして逆に、「妹もあらなくに」と旅の道に妻がいないことを悲しんだ。「家もあらなくに」は、その「妹もあらなくに」と同じく、旅のそらで、ここには我が家がないのに、家の者がいないのにと悲嘆する言葉であった。旅人は、妻の待つ我が家がそばにあることをはげしく希求した。いちずな恋ごころは、悲しい幻滅を生まざるを得なかったのである。しかし、その恋の思いは、平安時代には、はやくも忘れられた。王朝の歌人のだれひとりとして「家もあらなくに」などとは詠まなかった。それどころか、万葉人があれほどに愛用した「いへ」という歌語は、古今集以降の王朝和歌では「家居《いへゐ》」「家路《いへぢ》」「家の風《かぜ》」などに含まれる例をほかにして、ほとんど姿を消した。そして、江戸時代にも、さらには昭和三十年代までも、「家もあらなくに」は正しい理解を失った。

その非現実的で、不合理はなはだしい、しかし、それゆえに旅人の妻恋いの心を痛切に表現しえたことばは、忘却されて、ほぼ千年の歳月を経たのである。

第四章　柿本人麻呂の狩猟の歌

1　亡き父を思う軽皇子の狩り

安騎野の狩り

飛鳥の都の東のかた、重なる山なみを隔てたところに、宇陀《うだ》の大野とも安騎《あき》の野ともよばれる原野があった。

持統《じとう》天皇の六年(六九二)か七年かの冬、天皇の孫にあたる軽皇子《かるのみこ》が、都を出てその野にむかった。若くして亡くなった草壁《くさかべ》皇太子の忘れ形見の皇子は、かつてその野で狩猟したことのある父をしのんで、自らもそこで狩りをしようとしたのである。早朝から始まる狩猟のために、皇子たちは前夜から野に宿った。皇子は十歳か十一歳、まだ少年といってよい年齢であった。後の文武《もんむ》天皇である。

柿本人麻呂が、おそらくはその狩りに従っていたのであろう。皇子の思いをくんで長歌一首と短歌四首を詠んだ。短歌の三首目だけは原文のままにして、次に引用する。

軽皇子《かるのみこ》の安騎《あき》の野《の》に宿《やど》りし時に、柿本朝臣人麻呂の作りし歌

やすみしし　わが大君《おほきみ》　高照《たかて》らす　日《ひ》の皇子《みこ》　神《かむ》ながら　神《かむ》さびせすと　太敷《ふとし》かす　京《みやこ》を
置《お》きて　こもりくの　泊瀬《はつせ》の山は　真木《まき》立つ　荒き山道《やまぢ》を　岩《いは》が根《ね》　禁樹《さへき》押しなべ　坂鳥《さかどり》

の　朝《あさ》越えまして　玉かぎる　夕《ゆふ》さり来《く》れば　み雪降《ふ》る　安騎《あき》の大野《おほの》に　はたすすき　小《し》
竹《の》を押しなべ　草枕《くさまくら》　旅宿《たびやど》りせす　古《いにしへ》思《おも》ひて　（巻一・四五）

短歌《たんか》

安騎《あき》の野に宿《やど》る旅人《たびひと》うちなびき眠《い》も寝《ぬ》らめやも古思ふに　（四六）
ま草《くさ》刈る荒野《あらの》にはあれど黄葉《もみちば》の過《す》ぎにし君が形見《かたみ》とそ来《こ》し　（四七）
東野炎立所見而反見為者月西渡　（四八）
日並《ひなみし》の皇子《みこ》の尊《みこと》の馬並《うまな》めてみ狩立《かりた》たしし時は来向《きむ》かふ　（四九）

題詞

最初の行は、ふつう題詞とよばれる漢文である。右は、原文の「軽皇子宿于安騎野時柿本朝臣人麻呂作歌」を訓読した。第一章の「さわらび」の歌の題詞もその原文は「志貴皇子懽御歌一首」。また第二章の人麻呂の長歌の題詞も「過近江荒都時柿本朝臣人麻呂作歌」という漢文であった。題詞とは、その作品が、誰によって、どのような事情のもとに作られたかを記す文章である。同じ時代の漢詩集『懐風藻《かいふうそう》』などにおける詩題《しだい》、平安時代の歌集の詞書《ことばがき》に相当するものだが、それらと異なるのは、作者の名前を文中のどこかに示すことが多い点である。

たとえば、『古今集』の春歌上の巻の巻頭歌では、「旧年《ふるとし》に春立ちける日よめる」という詞書があり、それとは別に、下に「在原元方」という作者名が記される。つまり、詞書とは、ふつう、作者自身が話者であるようにして書かれた文章である。同じ巻の終わり近くに、「桜の花の咲《さ》けりけるを見にまうで来《き》たりける人に、よみて贈《おく》りける」とある詞書も、下に記される作者「躬恒」の語った言葉として記されている。それは詩題でも同じである。ところが、万葉集の題詞はそれらとは違って、これこれの時に誰々が作った歌と、第三者の立場に立って記すものである。それは、万葉集を編集した人が、歌が作られた時をふりかえり、それを歴史的事実として記述する文章である。

したがって、第二章の「近江荒都歌」の題詞は「近江の荒都に過《よき》りし時に、柿本朝臣人麻呂の作りし歌」と、そしてここでは、「軽皇子の安騎の野に宿りし時に、柿本朝臣人麻呂の作りし歌」と、歴史的叙述に用いられる過去の助動詞「き」(その連体形の「し」)を補って読んだ。それは、第一章(24ページ)に引いた九条本とよばれる『文選』の訓点本で、詩題を、たとえば「祖徳を述べし詩」(謝霊運)などと読む例にならうことにもなる。多くの万葉集注釈書で「宿らせる時に」「作る歌」のように読むのとは違う態度で訓読することを、この機会に、断っておきたい。

長歌

さて、長歌に目を通してもらいたい。できたら声に出して読んでほしい。短歌が五七五七七の三十一の音から成るのに対して、長歌は五七五七……五七七である。これは全二十五句。長大なものは、やはり人麻呂の作で百四十九句からなるものがある(一九九・高市皇子挽歌)。長短の違いはあるが、五七の二句を続けてゆくのが基本である。したがって、五七・五七と、二句ごとに一呼吸いれるつもりで読めば、調子もよく、意味もつかみやすくなる。逆に、うっかり歌舞伎のせりふのように、「安騎《あき》の大野《おほの》にはたすすき、小竹《しの》を押しなべ草枕《くさまくら》」のように七五調で読んでしまうと、とたんにわけが分からなくなる。かならず五七調で読んでみよう。

むつかしい言葉がつぎつぎと出てきて困るかも知れないが、それらはたいてい五音句である。その五音句は多く枕詞である。枕詞は、たとえばこの最初の句の「やすみしし」がそうだが、下の「わが大君」にかかり、その句を引き出す役割をもっている。安らかにお治めになるとか、あるいは、八方を隈《くま》なくお治めになるの意とも言われるが、もともとの意味は誰にもよく分からない。

「高照らす」「こもりくの」「坂鳥の」「玉かぎる」「草枕」も枕詞である。その意味や、また下の言葉にどのようにしてかかるのか、不明な点が多いのだが、長歌の語りを荘重にする役割をはたしているのだろう。乱暴なことを言えば、それを飛ばして七音句だけをたどってゆけば、長歌のだいたいの内容はかえって分かりやすいかも知れない。枕詞は、いずれも下の言葉をかざり、意味をふくらませ、格調を高くするはたらきをもつ。それを駆使し、すぐれた長歌を多作したのが柿本人麻呂であった。

《ご立派な皇子さま、日の神の皇子さまは、神らしい御心のままに、お治めになる飛鳥の都をあとにして、ひのきや杉の立つ初瀬の山のけわしい山道を、根をはった岩や邪魔になる木を押しなびかせて、やすやすと朝に越えていらっしゃり、夕べになれば、雪の降るこの安騎の野に、すすきや篠竹を敷いて旅寝をなさる。むかしのことを思って。》

結びの句の「古《いにしへ》思《おも》ひて」は、父草壁皇子が同じ野に宿った昔を思いしたっての意である。この三年前か、または四年前になるのか、持統三年(六八九)、主人の皇太子を失った舎人《とねり》(従者)のひとりが「宇陀《うだ》の大野は思ほえむかも」(一九一)と、狩りの季節ごとに皇太子の御狩りに従ったことを、これからも思いだすだろうと詠っていた。軽皇子は、同じその野に宿って、亡父を追慕した。人麻呂は皇子の心をそう推察して、長歌を結んだのである。

反歌

長歌には短歌形式の歌が一首から数首そえられることが多く、それを反歌という。多くは、長歌の心を凝縮して、詠嘆を深くする歌である。その反歌をここでは短歌と称している。

第一首は、長歌の末尾をくりかえす形であるが、皇子を「旅人《たびひと》」と表現し、「眠《い》も寝《ぬ》らめやも(どうして眠れるだろうか)」と、その切ない気持を思いやる。そして二首目は、亡き父を思い出すためのよすがの地なればこそ、この草深い荒野にも来たのだと、皇子の狩猟の動機を明らかにする。「黄葉《もみちば》の」は、黄葉が散ることを「過《す》ぐ」ということから、人が死ぬことを間接的にいう「過ぐ」の枕詞となっている。万葉集では人の死を直接的に表現することを遠慮して、それを「過ぐ」と言ったり、または「臥《こ》やす(横になる)」「家離《いへざか》る(家から出る)」「雲隠《くもがく》る(雲に隠れる)」などと、おぼめかして言う。それを敬避《けいひ》表現というが、もちろん、死者に対する敬意と慕情ゆえの言いかえである。

皇子は、わずか七歳にして別れなければならなかった父君の面影を追って、この荒野を「形見」と思ってやって来た。父が見たように自らも野のさまを見、父が馬を馳せたように自らも馬を走らせて、父を思い出そうとしたのである。

2　真淵の「東《ひむかし》の野にかぎろひの立つ見えて」

原文と旧訓

そして短歌の第三首が、「はじめに」にも述べたように、小中学校の国語や高校古典の教材とされることの多い名歌である。さきほど(121ページ)は、その歌をわざと漢字ばかりで、つまり、もともとの万葉集ではこうだったと考えられる原文の形で引用した。

私たちが学校で教わる「東《ひむかし》の野にかぎろひの立つ見えてかへり見すれば月かたぶきぬ」の歌詞が、江戸時代中期の賀茂真淵の新たに考案したものだったからである。

しかし、人麻呂は、本当にそう詠ったのだろうか。真淵の読みは正しかったのだろうか。

もういちど、万葉集のすべての写本に一致する原文を示してみよう。

東野炎立所見而反見為者月西渡

人麻呂の歌は、万葉集にこう記されていたであろう。五七五七七の短歌が、わずか十四の漢字で表記されていた。万葉時代の読者は、この文字から日本語の歌を読みとったのである。

平安時代に作られた万葉集の写本のなかには、源平の闘いのさなか、ちょうど一の谷で激戦のあった元暦《げんりゃく》元年（一一八四）に成ったとされるものがある。元暦校本とよばれる重要な本である。その本に、この歌は次のような形で記されている。

（元暦校本万葉集第一冊・勉誠社）

元暦校本は、ふつう、万葉集の歌を漢字ばかりで表記した左に、別の行として、平仮名で記した歌の読みくだしを示している。平安時代の写本に多いその形を平仮名別提訓《べっていくん》というが、この歌については、その平仮名の別行の部分がない。そのかわり、写本の作成と同じ頃の書き入れと推測されている朱筆による片仮名のよみが、漢字の右に記されている。「アツマノ、ケフリノタテルトコロミテカヘリミスレハ(月)カタフキヌ」。漢字かなまじりの形に書き直せば、

東野《あづまの》の煙《けぶり》の立てる所《ところ》見てかへり見《み》すれば月《つき》かたぶきぬ

となろう。それは、その後もながく引き継がれた読み方であり、寛永二十年(一六四三)に刊行され、江戸時代を通じて広く用いられた寛永版本万葉集にも、133ページに掲載の写真のように、右傍の片仮名によって同じ読み方が示されている。すなわち、問題の歌は、平安時代から江戸時代中期まで変わらず、このように読まれてきたのである。

「みだり訓《よみ》」

そのよみ方を真淵は強く否定する。ことに上三句にあたる「アツマノノケフリノタテルトコロミテ」について、真淵『万葉集考』は、何の道理もない「みだり訓《よみ》(でたらめな読み)」だと非難する。

まず「東野」を「あづま野」と読めば、それではまるで地名のように聞こえるだろう。そこから、「あづま野」は武蔵野にあるとしたり、いや吉野であり、吉野には「あづま坂」という

道もあるとする中世の万葉学書の説(由阿《ゆうあ》『詞林采葉抄《しりんさいようしょう》』・宗祇《そうぎ》『万葉集抄』)も生まれるのだが、真淵はそれらを「後人《こうじん》のいふ事はかくこそあれ(後世の人はこんなことまで言うのだ)」とあきれる。たしかに、宇陀野の狩りの歌に武蔵野や吉野の地名がでてくるはずがない。

真淵は、万葉集には「東」の一字で「ひむかしの」の一句となる例(三一〇など)が多いとして、「東野」の読みを「ひむかしの野」に改める。

真淵の方法は、万葉集のほかの歌の表記と読みとを参照して、それによって、原文の読み方を考えようとするものである。「所見」についても同じであり、例はあげていないが、万葉集におよそ百三十例ほどある「所見」のほとんどが「みえ」と読まれるのを、真淵はとうぜん参考にしたであろう。そもそも漢語「所見」は、見ること、見えることの意味である。「みえ」と読むべき文字である。「トコロミテ」は、あまりにも「みだり」な読み方なのである。

「東」を「ひむかしの」、「所見而」を「みえて」とする真淵の新たな読みに疑問はない。

それでは「炎」の文字はどうだろうか。

賀茂真淵『冠辞考』

真淵の『万葉集考』は、「炎」を「かぎろひ」と読み、人麻呂の歌の上句を「東の野にかぎろひの立つ見えて」と読みくだした。それは、従来の万葉学者の誰も思いつかなかった革新的

な読み方であった。そして、その「かぎろひ」の意味するところについては、真淵は、

　此言《このこと》は火の光を本《ほん》にて、朝夕の日かけ・陽炎などをもいふ。ここは明《あく》る空の光の立《たつ》をいふ。

と述べ、詳しくは『冠辞考』を参照せよと述べる。

そこで『冠辞考』によって、真淵のその考え方をうかがうことにしよう。第一章にも引いた真淵『冠辞考』は、枕詞の一つ一つについて、その語意を詳しく解きあかす書物である。それに「かぎろひの」の項があった。

その考証は、まず「炎」の文字が万葉集のどこに現れ、どう読まれているかを確認することから出発する。今日の私たちなら、ある特定の文字が万葉集のどの巻のどの歌にあるかを、総索引で、あるいは各種のデータベースで、いとも簡単に見つけだすことができる。しかし、真淵は、寛永版本万葉集の全二十冊のページを一枚一枚めくりながら「炎」の文字をさがしたに違いない。それ以外の手段はなかった。その手段によって真淵が求め得た「炎」の文字は、ほかに二つだけだったはずである。その一つは後に紹介する(145ページ)ことにするが、『冠辞考』「かぎろひの」の項が冒頭に引くのは、巻六の長歌の「炎《カケロフノ》乃春爾《ハルニ》之《シ》成者《ナレバ》」(一〇四七)の例であった。その「炎」の文字に、寛永版本は右のように「カケロフ」の傍訓を施していた。濁点を補った「かげろふ」なら、それは、春の暖かな日にゆらゆら光りながらたちのぼる陽炎であり、今日と同様、江戸時代でもそう言ったものである。その例をとりあげた真淵は、これはうらう

らと晴れた春の空のさまを言う言葉であるので、春の枕詞になると説いた。続いて、真淵はその「かげろふ」が古くは「かぎろひ」の形であり、また、ほんらいは火の光の意味であったことに論をすすめる。

『冠辞考』が引くその証拠は、古事記・下巻、履中《りちゅう》天皇が、放火された難波の宮から逃れる道で燃えあがる宮をふりかえり、「……加藝漏肥能《カギロヒノ》、毛由流伊弊牟良《モユルイヘムラ》、都麻賀伊弊能阿多理《ツマガイヘノアタリ》」とうたったとされる歌詞である。「かげろふ」の古い語形は、一字一音のその音仮名「加藝漏《カギロ》肥《ヒ》」で示されるように「かぎろひ」であった。そして、それは「毛由流《モユル》（燃ゆる）」に続くように、「実《まこと》の火影」、ほんとうの火炎の光の意味だと、真淵は考えた。ひるがえって、春の暖かな日にたちのぼる陽炎を言った先の「炎《カケロフノ》 乃春爾《ハルニ》之《シ》成者《ナレバ》」、その読みをあらためて「炎《カギロヒ》」の例は、陽炎をあたかも火の光のようだと譬える表現なのだと真淵は説いたのである。

「かぎろひ」

『冠辞考』「かぎろひの」の項をさらに読み進めてゆこう。つづいて、真淵は寛永版本万葉集に「カケロフノ」の読みを施された例を順々にあげてゆく。それらを「カギロヒノ」と読みなおした上で、そのすべてが火の光に関わる表現であることを述べる。

簡潔にその論を示しておこう。

《「香切火之《カギロヒノ》、燎流荒野尓《モユルアラノニ》」(二一三)、「蜻火之《カギロヒノ》、燎流荒野尓《モユルアラノニ》」(二一〇)は、ともに古事記の「加藝漏肥《カギロヒ》」に同じく、「かげろふ火《ひ》」の「ふ」を省いて「かぎろひ」と言ったものであり、それは火のきらめくことであり、「実《まこと》の火影」、ほんとうの火の光の表現である。

「玉蜻《カギロヒノ》、髣髴《ホノカニ》所見而《ミエテ》」(三〇八五)などと、「かぎろひの」が「ほのか」の枕詞になるのは、「かぎろひ」が火の光だから、それがかすかに見えることを「ほのか」の譬えとして言うのである。

「玉蜻《カギロヒノ》、夕去来者《ユフサリクレバ》」(一八一六)などは、夕方の日が火の光のように輝くので「かぎろひの」を「夕」の譬えにしたものである。

「玉蜻《カギロヒノ》、磐垣淵之《イハガキブチノ》」(二〇七)は、石を打つと火花が飛ぶことから、「かぎろひの」が「岩」にかかる枕詞となる。

「玉蜻《カギロヒノ》、直一目耳《タダヒトメノミ》、視之人故尓《ミシヒトユヱニ》」(二三一一)は、火花がチラと見えることから、または火影がふと揺れることから、「かぎろひの」が「一目」の枕詞になると考えられる。

さらに、「玉蜻《カギロヒノ》、日文《ヒヲモ》　累《カサネテ》」(三二五〇)などは、寛永版本万葉集では「玉限《タマキハル》」となっているが、それは字と訓の誤りで、正しくは「玉蜻《カギロヒノ》」であって、「かぎろひの」が日の輝くことに続く例である。》

真淵の以上の論証によれば、万葉集の中に見つけることのできる「かぎろひの」は、寛永版本に「炎《カケロフノ》　乃」と記されたものが一例、同じく「香切火之《カケロフノ》」が一例、「蜻火之《カケロフノ》」が二例、

「蜻蜓火之《カケロフノ》」が一例。また「玉蜻《カケロフノ》」が五例、「玉蜻蜓《カケロフノ》」が一例、「珠蜻《カケロフノ》」が一例。さらに「玉《タマ》限《キハル》」となっているが実は「玉蜻《カギロヒノ》」の誤りと見るべき例が三例。以上、十五例である。真淵にとって、万葉集には十五例の「かぎろひの」があった。そして、そのうち、最初の「炎《かぎろひ》の春にしなれば」(一〇四七)の例こそは、いわゆる陽炎で、春のあたたかい日に立ちのぼる気を指すが、それも陽炎を火の光に譬えた表現である。そのほかは、すべて燃える火の光そのものを指す言葉であり、その意味によって、「夕」「日」「磐垣淵」「一目」などの枕詞にもなる。

真淵はそう考えたのである。

名訓が生んだ名歌

そうした論証にもとづいて、真淵『万葉集考』は、人麻呂の問題の歌の原文「東野炎立所見而反見為者月西渡」を「東《ひむかし》の野にかぎろひの立つ見えてかへり見すれば月かたぶきぬ」と読み下し、先に引いたように、「此言(かぎろひ)は火の光を本にて」云々と述べ、さらには歌全体を、

暁《あかつき》、東を見《み》放《さく》れば、明《あく》る光かぎろひぬるに、又、西をかへり見れば、落《おち》たる月有《あり》といふ也《なり》。いと広き野に旅ねしたる暁のさま、おもひはかるべし。

と解説した。あかつきの東の空を眺めると、明けてゆく光がほのぼのとあらわれて、西をふり

かえって見れば、月が沈みかかっている。広い野に宿った皇子の目にした早朝の景色がさながら目にうかぶような歌だと真淵は説いたのである。

その新たな解釈は、なによりも「炎」の読みを従来の「けぶりの」から「かぎろひの」という美しい響きの言葉に改めたことによって、また、その歌の雄大な構図によって、人々を魅了した。

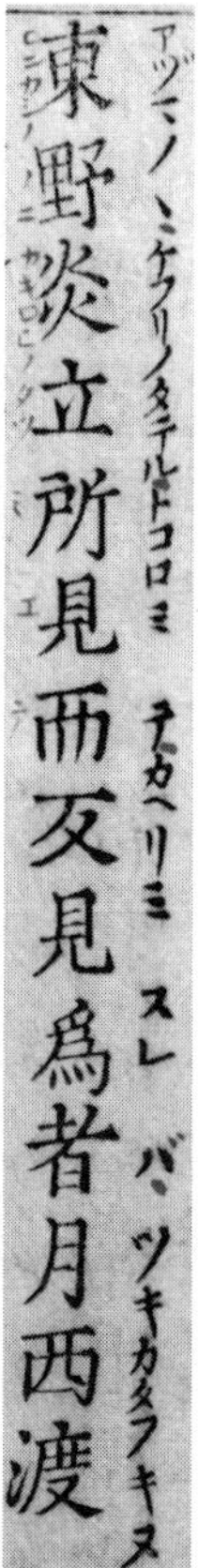
東野炎立所見而反見爲者月西渡
アヅマノヽ ミケフリノタテルトコロミ テカヘリミ スレ バヽ ツキカタフキヌ

右は、真淵の門人で伊勢神宮の権禰宜《ごんのねぎ》をしていた国学者、荒木《あらき》田《だ》久老《ひさおゆ》の書入のある寛永版本万葉集(京都女子大学図書館蔵)のこの歌の写真である。「東野炎立所見而」の原文の右側に刻されたカタカナの訓は、126ページに記したように、元暦校本の傍訓以来のこの歌の読みを示すものであった。そして、文字の左側には、薄くて分かりにくいかも知れないが、「ヒンカシノノニカキロヒノタツミエテ」の真淵の読みが記されているのが読みとれるだろうか。久老が師の真淵の新訓を朱筆で書き入れたものである。このほかにも、真淵の読みの書き込まれた寛永版本の例は少なくない。「ヒンカシノノニカキロヒノタツミエテ」の新訓は、たちまちのうちに多くの支持者をえて、その後の通説となったのである。

ここで、「はじめに」にあげた国語読本の解説をもういちど引用しておこう。

野中の一夜は明けて、東には今あけぼのの光が美しく輝き、ふりかへつて西を見れば殘月が傾いてゐる。東西の美しさを一首の中によみ入れた、まことに調子の高い歌である。

それは、真淵の解釈そのものであった。

「まことに名訓」(武田祐吉『全註釈』)と賞賛されたその形の歌が、「人麿の傑作であり、同時に万葉短歌の代表作」(鴻巣盛広『全釈』)となった。

真淵の「名訓」が、この歌を小学生がまっさきに学ぶ万葉の名歌にしたのである。

3　「かぎろひ」と読めるか

鹿持雅澄「玉蜻考」

真淵『冠辞考』における「かぎろひの」の考証は、寛永版本万葉集全二十冊の全ページをめくり、「カケロフノ」という傍訓をもつ語の全用例を集め、さらには「玉限《タマキハル》」とある例までも拾いあげて「かぎろひの」に改訓し、そこから「かぎろひの」の意味を探求しようとするものであった。「かぎろひの」という古語の全用例を手中におさめ、それを凝視し、それらに一貫する意味をつかみとろうとするはげしい気迫の感じられる文章である。

のちに本居宣長は、『冠辞考』をはじめて読んだ時には、内容があまりにも意外で納得しがたく思ったが、なお二度三度とくりかえし読むうちに、しだいに古代の言葉の真意を得た名著と信じるようになったことを回想する(『玉勝間《たまがつま》』巻二「おのが物まなびの有《あり》しやう」)。

たしかに『冠辞考』は、枕詞というほんらい意味のつかみにくい言葉に対して、今まで誰も試みたことのない精密な分析をほどこし、その意義を明らかに説きつくした書物である。「かぎろひの」の項における以上の論証も、万葉を読む人たちの心をたちまちのうちにとらえて、「東の野にかぎろひの立つ見えて……」が、人麻呂の真実の歌と認められるに至ったのである。

しかし、『冠辞考』のその精《くわ》しい考証も、もしもそれが基づく寛永版本万葉集に何らかの欠陥があったらどうだろうか……。

真淵の没後二十余年に土佐に生をうけた鹿持雅澄が、その主著『万葉集古義』の完成の後に作った「玉蜻考《ぎょくせいこう》」という短い論文がその欠陥を明らかにした。

説明を補いながら、以下、「玉蜻考」を要約してみよう。

《寛永版本万葉集が「カケロフノ」とし、『冠辞考』が「カギロヒノ」とその読みを改めた文字列は、次の二種に分けられる。

A群　「炎乃」「香切火之」「蜻火之」「蜻蜓火之」

B群　「玉蜻」「玉蜻蜓」「珠蜻」

かりに右のように、二つの群に分けてみると、A群の文字の下には「之」「乃」が付いているが、B群にはそれがないことが分かる。A群には「火」の文字があるが、B群にはない。B群には「玉」「珠」が付くが、A群にはない。A群は「春」や「燃ゆる」に続くが、B群は「磐垣淵」「ほのか」「夕」「日」「ただ一目」に続く。

このように、A群とB群の特徴がまるで違うのが分かる。

寛永版本万葉集は、「蜻」という変わった字をともに含むので、A群の「蜻火之」「蜻蜓火之」と、B群の「玉蜻」「玉蜻蜓」「珠蜻」とを同じ言葉の表記と見たのだろう。それが古くからの解釈だった。しかし、A群とB群の文字は、明らかに異なる。それぞれ別の言葉の表記と考えなければならない。

そもそも、「蜻」と「蜻蜓」は昆虫のトンボをさす漢語であった。そのトンボを平安時代の和語では、「カゲロフ」(倭名類聚抄)とか「カギロヒ」(本草和名)とか言った。万葉集の時代でも同じだっただろう。それによって「蜻」の文字を「カギロ」の訓仮名とした。そして、その下に「火」を付けた「蜻火之」などで「カギロヒノ」を表し、「玉」を上に置いた「玉蜻」などで「タマカギル」を表記した。すなわち、A群は「カギロヒノ」、B群は「タマカギル」。それぞれ別の語と考えられる。

「たまかぎる」という言葉があったことは、「玉限」(三二五〇)などの用字があることからも分かる。寛永版本がそれを「玉限《タマキハル》」と読んでいるのは明らかな誤りだが、かといって、真淵がそれを「玉蜻」の文字の誤りと断じて「カギロヒノ」とするのは古書をみだりに改めるものである。それらの例は「玉限《タマカギル》」である。

万葉集に、

……玉垣入ほのかに見えて去《い》にし児《こ》ゆゑに　(巻十一・二三九四)

……玉蜻ほのかに見えて去《い》にし児《こ》ゆゑに　(巻十二・三〇八五)

という原文の文字だけが異なる同じ歌があるが、それとそっくりな歌詞が同時代の仏教説話集の『日本霊異記』上巻(第二話)にも

……多万可岐留はろかに見えて去《い》にし児《こ》ゆゑに

と見える。「玉蜻」は「玉垣入」と同じ言葉の表記であり、それが「多万可岐留《タマカギル》」にあたることが確かめられる。

おそらく「かぎろ」は、物が光ることに関わる言葉であろう。春の陽炎は、たちのぼる気が日をうけてきらきら光ることから、かがやく火の意味で「かぎろひ」と言われた。そして、いっぽうの「たまかぎる」は、珠玉がすきとおって清明にかがやくことであり、そのことから、

「磐垣淵」「ほのか」「夕」「日」「ただ一目」などの枕詞になった。「かぎろひの」と「たまかぎる」は、成りたちを異にする別の言葉としてあったのである。》

以上、「玉蜻考」を要約してみたが、確実な証拠をおさえたその議論は、十分な説得力をもつものであろう。それは万葉集の読解の歴史にひとつの画期をもたらした。その結論は今日までの万葉集注釈書すべてに受け入れられたものである。

『冠辞考』の「かぎろひの」の考証は、寛永版本万葉集に「カケロフノ」の訓のある全例を「カギロヒノ」に変換することに始まった。版本の訓に立脚する論であった。ところが、その寛永版本の訓には欠陥があった。「玉蜻考」が「玉蜻」「珠蜻」などの訓を「たまかぎる」と改めたことによって、『冠辞考』の考証は根拠とたのむ多くの用例を失った。万葉集の「かぎろひの」の語は、真淵のあげた十五例から、その三分の一、A群の五例のみに減じたのである。「かぎろひの」の意味の考察は、「たまかぎる」の例をのぞいた上で、あらためて試みなければならないであろう。

古事記の「かぎろひ」

古代語「かぎろひ」とは何か。その意味は、今や、『冠辞考』があげた例のうち、古事記の「加藝漏肥《カギロヒ》」、万葉集の「香切火《カギロヒ》」(二一三)、「蜻火《カギロヒ》」(二一〇・一八三五)、「炎《カギロヒ》」(一〇四七)、

「蜻蜓火《カギロヒ》」(一八〇四)の五例、あわせて六つの語から考えるべきことになった。

なお、「香切火」は寛永版本の「カゲロフ」を真淵が「カギロヒ」に改めたものであるが、今日では「カギルヒ」と読まれることが多い。「ギル」の方が「切」の字に即した読みになるだろう。つまり「かぎろひ」には「かぎるひ」という別の形もあった。意味は同じであろう。

まずは真淵が「実《まこと》の火影」を言うと説いた古事記の例から検討することにしよう。先にも簡単に紹介したが、次のような説話に見えるものである。

仁徳天皇の子の履中天皇が難波宮で即位して、酒に酔って正体なく眠っていると、弟の墨江《すみのえ》中王《なかつおおきみ》が天皇を殺そうと宮に放火した。臣下の阿知直《あちのあたい》が天皇を救いだし、馬に乗せて大和に向かっていると、天皇は多遅比野《たぢひの》でようやく目をさました。そして、直《あたい》から事情を聞いた天皇は、

多遅比野《たぢひの》に寝《ね》むと知《し》りせば立《た》つ薦《ごも》も持《も》ちて来《こ》ましもの寝むと知りせば

と詠った。さらに波邇賦坂《はにゅうざか》にいたって、難波の宮をふりかえり見ると、「その火猶《な》ほ炳《あか》し」。宮はまだ赤々と燃えあがっていた。そこで天皇は、

波邇布坂《はにふざか》我が立ち見れば加藝漏肥《カギロヒ》の燃《も》ゆる家群妻《いへむらつま》が家《いへ》のあたり

と詠ったという。

真淵はこの「加藝漏肥《カギロヒ》の燃《も》ゆる家群《いへむら》」が炎上する難波宮を指すことから、「かぎろひ」を「実《まこと》の火影」、本当の火の光を意味する言葉だと考えた。たしかに、坂の上から火災の火をはる

かに見た天皇がその場で「かぎろひの燃ゆる家群」と詠んだとするると、そのように解釈しなければならないだろう。

しかし、今日の古事記研究においては、この説話の二首は、いずれも天皇がその場で実際に詠った作とは見なされない。古歌が説話のなかに用いられたものと考えられている。

まず一首目は、多遅比野《たぢひの》で寝るのがあらかじめ分かっていたら、風よけの薦《こも》を持ってくるのだったのにと詠う。それは、もともと、恋人とこれから野なかで交わろうとする男の歌である。説話は、その古歌をここに利用したに過ぎない。天皇は多遅比野《たぢひの》で目をさましたのであり、多《た》遅比野《ぢひの》で寝ようとするのではないのだから、それは明らかだろう。

同様に、二首目も本来は恋の歌だと考えられる。そのことは「妻が家のあたり」で分かる。これが本当に宮の火災を遠望して天皇が作った歌なら、「妻の家が燃えているよ」などとのんきに詠えるはずがない。「妻が家のあたり」をながめることを詠うのは、妻の家を訪れた男が、その翌朝、うしろ髪をひかれる思いで妻の家を去った後に作る、いわゆる後朝《きぬぎぬ》の歌の形である。妻の家を出た男が、坂の上でふりかえり、かげろう（春に立つ陽炎）の燃え立つむこうに妻の家を眺め、なごりを惜しむ心を詠う。それがもともとの歌と思われる。古事記は、その恋の歌が「燃ゆる家群」という表現を含むのをさいわいに、それを難波宮の放火の説話に取り入れたのである。

つまり、「加藝漏肥《カギロヒ》」は、本来の恋の歌としては春の野にゆらゆらと立つ陽炎をさす言葉であり、説話中の歌としては、立ちのぼる陽炎が炎のように見えることから、「加藝漏肥《カギロヒ》の」を比喩として「(家群が)燃ゆ」の枕詞とした。どちらの場合でも、その「加藝漏肥《カギロヒ》」は、今日、私たちのいう春のかげろう(陽炎)であり、「実の火影」とは言えないのである。

万葉集の「かぎろひ」

いっぽう、万葉集の「かぎろひ」は、次の五例である(うち一つは「かぎるひ」)。

柿本人麻呂の「泣血哀慟歌」は妻の死をなげき悲しむ挽歌だが、その長歌の一節に、野辺送りのさまを、

　蜻火之《かぎろひの》　燃《も》ゆる荒野《あらの》に　白《しろ》たへの　天領巾隠《あまひれがく》り　鳥《とり》じもの　朝立《あさだ》ちいまして

(巻二・二一〇)

と詠う。また、その異伝歌では「香切火之《かぎるひの》　燃ゆる荒野に」(二一三)とされる。二つの語形があったわけだが、どちらも葬送の列の進んだ野に陽炎が燃えあがるように立っていたことを言うだろう。先に引いた『冠辞考』がこの二例について「実《まこと》の火影」と述べていた(131ページ)のは不可解なことであった。ついで、

　今《いま》さらに雪降《ゆきふ》らめやも蜻火《かぎろひ》の燃《も》ゆる春へとなりにしものを

(巻十・一八三五)

も、陽炎の燃える春になったのだから、もう雪が降ることなどはないと詠う。

この三例の「かぎろひ」が実際の春のかげろう(陽炎)を意味することは明らかである。

それに対して、

やすみしし　我が大君の……奈良の都は　炎乃《かぎろひの》　春にしなれば　(巻六・一〇四七)

父母《ちちはは》が……あぢさはふ　夜昼《よるひる》知らず　蜻蜓火之《かぎろひの》　心燃《も》えつつ　嘆き別れぬ　(巻九・一八〇四)

の長歌の二例は枕詞であり、前者は、陽炎は暖かい春に見えるものなので「春」の枕詞となり、後者は、「かぎろひの」が「燃ゆ」に続くことから、ここでは「心燃《も》え」の枕詞になる。

以上、古代語の「かぎろひ」、古事記一例、万葉集五例のすべてが、春の日にゆらゆらと立つ気、今日いうところのかげろう(陽炎)を意味することが確認されるであろう。

人麻呂の「かぎろひ」は曙光か

くりかえすが、柿本人麻呂の名歌とされる「東《ひむかし》の野にかぎろひの立つ見えてかへり見すれば月かたぶきぬ」は、賀茂真淵が万葉集の原文「東野炎立所見而反見為者月西渡」をはじめてそのように読み下し、その「かぎろひ」を夜明け前の空が日の光に色づくことと解釈したものであった。

「炎」という漢字は平安時代の漢和辞書『類聚名義抄』には「アッシ・ホノホ・カゲロフ」という訓をあてられている。万葉集には、129ページに紹介し、右のページの最初にも引用した「炎《カギロヒ》の春にしなれば」の例もある。また、奈良時代にしばしば写経されたことの知られる『楞《りょう》伽経《がきょう》』というお経には、のどをかわかした鹿の群れが、「春時の炎を見て」、水だと思って駆け出したという、いわゆる逃げ水のたとえが載せられている。その「春時の炎」は春の陽炎。すなわち、私たちがいう「かげろう」、万葉の時代の「かぎろひ」にほかならない。真淵が、原文の「炎」を「かぎろひ」と読んだことは、その点においては何ら問題はなかった。

問題は、その「かぎろひ」を、真淵が火の光を本義とする言葉と理解して、この「かぎろひの立つ見えて」を夜明け方の空に曙光が現れることと解釈したところにある。

真淵は古代語の「かぎろひの」を今日では「たまかぎる」と読む例を含めて考えて、それらの諸例が「ほのか」「夕」「日」などの枕詞にもなることから、「かぎろひ」そのものが火の光、ひいては日の光を意味すると考えた。しかし、古代の「かぎろひ」は、鹿持雅澄の「玉蜻考」によって、古事記と万葉集に見えるもの、合わせて六例のみであることが明らかになった。そして、それらすべてが春の陽炎を指す言葉だった。火の光、日の光を意味するものは一例もなかったのである。

現在の万葉集注釈書の多くは、そのことを認めつつ、なお真淵の説を踏襲して、「炎立」を

「かぎろひの立つ」と読み、曙の空が明るくなることと解釈する。かげろう(陽炎)は太陽光による現象だから、同じ太陽光の曙光を意味することもありうると説くものもある。にじ(虹)という語で夕焼けを表すことができるというような理屈であろうか。おそらく強弁と自ら知りつつ、真淵の「名訓」を手ばなしかねてそう述べるのであろう。

真淵は古事記に一例、万葉集に十五例あると自ら信じる「かぎろひの」の分析の上にたって、そのように読み、解釈した。しかし、今日、上代の「かぎろひ」六例のすべてを陽炎の意と知る私たちが、真淵の読解になお従いつづけるのは、そもそも不可能なことではないだろうか。

人麻呂の「かぎろひ」は陽炎か

それなら、同じく「かぎろひの立つ見えて」と読んだうえで、その「かぎろひ」を、古代語六例の「かぎろひ」と同じ陽炎の意と解することはできるだろうか。じつは、そのように説く注釈書(武田『全註釈』・土屋『私注』)もある。しかし、人麻呂のこの歌は、「み雪降る」(四五)ころの、そして下句に「月かたぶきぬ」とする夜明け前の景をうたう作である。冬の未明に春の陽炎が立つものか。たとえ、似たような現象がまれに生じることがあるとしても、歌の表現として、それを「かぎろひ」と詠うことは考えられないだろう。

さらに、古代語の「かぎろひ」には、その下に「燃ゆ」の動詞が続くことが普通である。

ページから142ページまでに紹介した「かぎろひ(かぎるひ)」の六例をもう一度見てもらいたい。古事記の「加藝漏肥《カギロヒ》の燃《も》ゆる家群《いへむら》」をはじめとする五例までが「燃ゆ」に続いている。真淵説の「かぎろひの立つ」は、その通例に反する表現である。従来からも指摘されていることだが、その点においても真淵の読み方は認められないのである。

真淵の「かぎろひ」は、たしかに魅力的なひびきをもつ言葉である。そして、「東《ひむがし》の野にかぎろひの立つ見えてかへり見すれば月かたぶきぬ」は私たちが親しんできた万葉歌である。しかし、その「名歌」とも、いまは決別すべきときであろう。

4　「野らにけぶりの立つ見えて」

もう一つの「炎」の例

それでは、「炎」はどう読まれるべきであろうか。

さきに、真淵が寛永版本万葉集の全ページをめくりながら見つけた「炎」字はほかに二例あったはずだが、そのうちの一例は後に紹介すると述べた(129ページ)。それを引いてみよう。

巻三の長歌の一節の「海女娘子《あまをとめ》　塩焼炎」(三六六)がそれである。五七調の二句だから、下の「塩焼炎」は七音の句。そして「塩焼」は「しほやく」としか読みようがないので、その

「炎」の字からは、三音の言葉を読みとるべきことになろう。

「しほやく」とは、塩を採るために海藻を焼くこと、また、その灰を海水に溶かして得られた濃厚な塩水を煮つめることである。海人たちのその仕事を都の歌人たちは珍しく見たようで、歌材として好んでそれを取りあげた。万葉集にはほかに「志賀《しか》の海人《あま》の塩焼く煙《けぶり》（焼塩煙）」（一二四六）とあり、また平安時代にも「すまのあまのしほやくけぶり」（古今集・七〇八）と詠われた。それらにならって、また万葉集の諸本で古くからそう読まれてきたように、この「塩焼炎」は「塩焼くけぶり」と読まれるべきものであろう。

「炎」は、現在では「ほのほ」としか読まない文字である。『類聚名義抄』などにも「炎」に「ケブリ」の訓はない。仏典や漢籍の訓点にも、「炎」に「ケブリ」の訓をあてるものは見つけることができない。しかし、この「塩焼炎《しほやくけぶり》」（三六六）の例があるなら、それと同様に、「東野炎立所見而」の「炎」を「けぶり」と読むことは十分に考えられるであろう。

なんのことはない。それは古来の読み方にほかならない。元暦校本以来の「炎《ケブリ》」の読み（126ページ）にかえることを、ここに提案したいのである。

しかし、「炎」を「けぶり」と読んで、「ひむがしの・のにけぶりの・たつみえて」とすると、第二句が六音の字足らずの句になってしまう。読みとして成立しないであろう。

「のら」

「野炎」の二字を七音句として読むためには、おそらく、二つの方法が考えられるであろう。その一つは後に述べることにして(158ページ)、今はまず、「野」を「のら」と読むことを、ためしてみる。「野炎」を「野らにけぶりの」と読むのである。

しかし、これにはたちまち次のような非難の声があがるだろうか。

《「のら」なんて、「野ら犬」「野ら猫」「野ら着《ぎ》」「野ら仕事」などの複合語にあるだけで、独立した言葉ではない。その複合語も俗なものだ。そもそも、人麻呂の名歌に「のら」なんて間のぬけた響きの言葉があっていいはずがない！》

たしかに「のら」は、今日ではたぶん単独で使われることのない死語なのであろう。しかし、古代語としては、それは日常のなかに生きた言葉であった。万葉集には「紅《くれなゐ》の浅葉《あさは》の野ら(野良)に刈《か》る草《かや》の」(二七六三)という歌がある。茅《ちがや》を刈ることのできる原野をそう言ったのである。原文の「大野小雨被敷」を「大野《おほの》らに小雨《こさめ》降りしく」(二四五七)と「ら」を補って読むべき例もある。また、東国の歌をあつめた巻十四には「大野ろ(於抱野呂)にたなびく雲」(三五二〇)という歌詞も見られる。「ら」と「ろ」はともに接尾語であり、「のら」「のろ」、どちらも野《の》を言うのである。

「のら」が万葉集の時代の人々にとってそのような生活の語であり、歌の言葉でもあったのなら、この「野炎」を「野らにけぶりの」と読むことは十分に可能であろう。

「けぶりの」の「の」の補読

そのように考えて、原文「東野炎立所見而」を、

　東《ひむがし》の野《の》らにけぶりの立つ見えて

と読んでみる。

しかし、ここでも、すぐに強い批判が返ってきそうだ。古代語の文法に知識のある人からは、おそらく、次のような反論があるだろう。

《それは、原文の「炎立」に助詞「の」を補読して「けぶりの立つ」と読むものだ。それなら、「けぶりの」の主格の助詞「の」には活用語の連体形が呼応する原則だから、「立つ」は連体形になる。いっぽう、「立つ見えて」の動詞「見ゆ」は活用語の終止形に付くのが決まりだから、「立つ」は終止形でなければならない。動詞「立つ」は連体形と終止形が同じ形だが、「の」との呼応では連体形、「見ゆ」との接続では終止形と見られる。そこに絶対的な矛盾が生じる。そもそも、真淵の「かぎろひの立つ見えて」も、その点に重大な文法的疑義がもたれた読みだった。真淵を批判しながら、同じ過ちを犯すのか……。》

こみいった話が続いて申し訳がないが、この批判にはぜひとも答えておかなければならない。

なるべく分かりやすい説明をこころがけるので、しばらくのあいだ、ややこしい文法の話になることを許してもらいたい。

まず、主格の助詞「の」が連体形につづく例として、この狩りの歌の短歌の四首目を、一部の原文の表記を（　）のなかに入れた形で、もう一度引用してみよう。

日並《ひなみし》の皇子《みこ》の尊《みこと》の（命乃）馬並《うまな》めてみ狩立《かりた》たしし（御獦立師斯）時は来向《きむ》かふ　（四九）

「日並《ひなみし》の皇子《みこ》の尊《みこと》」は草壁皇太子をさす言葉であった。その亡き父皇子が、馬を並べて狩りをお始めになったその時刻が近づいたという意味の歌である。その「尊《みこと》の（命乃）」の「の」がいわゆる主格の助詞であり、皇太子が狩りをした主体であることを示す。そして、その述語である「み狩立《かりた》たしし（御獦立師斯）」の下の「し」は過去の助動詞「き」の連体形であり、その下の「時」にかかる。このように主格の助詞「の」には（または「が」にも）かならず連体形が応じる。「尊の……み狩立たしき」と終止形が呼応することはない。これは現代の言葉でも同じであろう。

いっぽう、動詞「見ゆ」が活用語の終止形に付くとは、上代の言葉に特有の決まりである。たとえば、万葉集では、「船出《ふなで》せり（為利）見ゆ」（一〇〇三）とか、

ひさかたの月は照りたり暇《いとま》なく海人《あま》のいざりは灯《とも》しあへり（安敝里）見《み》ゆ　（巻十五・三六七二）

などと詠われる。「船出せり」「灯しあへり」は終止形である。その助動詞「り」の連体形は「る」だが、「船出せる見ゆ」とか「灯しあへる見ゆ」とかは、万葉集では決して言わない。

その二つの文法から、「けぶりの立つ見えて」の「立つ」は、主格の「の」を受けることによって連体形と、しかし「見え」に続くことから終止形と判断される。そこに絶対的な矛盾がある。真淵の「かぎろひの立つ見えて」の読みも、すでにそこが強く批判されてきたのである。

しかし、ほんとうにそうなのだろうか。

ある文法学者は、真淵のその読み方を批判するための資料として、「船出せり見ゆ」など、「見ゆ」が活用語の終止形に接続する表現を、古事記や日本書紀の歌謡、および万葉集から集めて計三十四も例示している（佐佐木隆『万葉集と上代語』）。その三十四例を一覧すると、そのうちの三十二例までが、活用語の終止形に、動詞「見ゆ」の終止形「見ゆ」が接続する形であることに気がつく。「見ゆ」は、え・え・ゆ・ゆる・ゆれ・えよと活用する動詞である。そのうちの「ゆ」、つまり終止形の「見ゆ」である例がほとんどなのである。

終止形以外の活用形であるのは、「袖振る見えつ」という同じ句が、長歌と短歌にそれぞれ一例ずつ見られるだけである。その二つの「見え」は、助動詞「つ」が付くのだから連用形である。その連用形「見え」の上の「袖振る」も（「振る」は「立つ」と同じ四段活用動詞であり、終止形と連体形が同じ形だが）、ほかの三十二例と同様にやはり終止形なのだろうか。

問題の「立つ見えて」の「見え」もまた連用形なのだから、もっとも重要な類例として、それが確かめられなければならないであろう。

長歌の「袖振る見えつ」

まず巻十三の長歌の例を引いてみよう。船旅で瀬戸の海をゆく男が、手を振る海人娘子を目にするところである。

……阿胡《あご》の海の　荒磯《ありそ》の上《うへ》に　浜菜《はまな》摘《つ》む　海人《あま》娘子《をとめ》らが(海部処女等)　うながける　領巾《ひれ》も
照るがに　手に巻ける　玉もゆららに　白《しろ》たへの　袖振る見えつ　相《あひ》思ふらしも
(三二四三)

原文を示した「海部処女等」は、今日、一般に「海人娘子《あまをとめ》らが」と読まれる。「等」の一字を「らが」と読むことは、ほかにも複数の例があり(一二七四など)、それが正しい読み方と思われる。その「らが」に助詞「が」が含まれるのだが、先の149ページに、「『の』には(または『が』にも)かならず連体形が応じる」と述べたように、主格を表す助詞「が」は、「の」と同様に、下に活用語の連体形が来ることを求める。

これによく似た表現を例にあげてみよう。

こもりくの泊瀬《はつせ》娘子《をとめ》が(我)手に巻《ま》ける(纏在)玉は乱れてありと言はずやも　(巻三・四二四)

(こもりくの)泊瀬の娘子が手首に巻いていた玉かざりは、糸が切れてちりぢりになっていると言うではないか……。玉の乱れによって人の死を暗示する挽歌である。その「泊瀬娘子が」の助詞「が(我)」に、「巻ける(纏在)」という連体形が呼応しているのである。

同じように、先の「海人娘子《あまをとめ》らが」の「が」には、娘子を主語とする「うなげる(うなじにかける)」、「手に巻ける」、「袖振る」の三つの述語が応じて、そのすべてが連体形と認められる。つまり、「袖振る見えつ」は、「袖振る」の連体形に「見ゆ」の連用形が接続する形である。娘子たちが袖を振るその姿が見えたという表現なのである。

短歌の「袖振る見えつ」

それと同じ「袖振る見えつ」の句が「柿本朝臣人麻呂の歌集」から採られたという七夕歌の短歌にあった。

汝《な》が恋ふる妹《いも》の命《みこと》は飽《あ》き足《だ》らに袖振る見えつ雲隠《くもがく》るまで　(巻十・二〇〇九)

彦星よ、お前が恋しく思う「妹の命(織女)」は、飽き足りることなく、袖を振りつづけて、なごりを惜しんでいたよと、彦星に語りかけ、慰める歌である。おそらく、地上の人が七夕の二つの星を見あげて、一夜の逢瀬の後に織女に別れなければならなかった彦星に同情して、そのように詠いかけた作であろう。

意味のとりやすそうな歌である。しかし、じつは解釈の定まらない難しい歌である。

まず「飽き足らに」は、彦星との一夜だけの逢瀬に飽き足りなくてというのか、またはどれほど袖を振っても満足しないでというのか、二つの理解がある。それにともなって、「雲隠るまで」も、彦星が雲に隠れるまでと取るのか、または織女が雲に隠れるまでとするのか、これも二通りの解釈がある。

二つを合わせると、一夜の逢瀬に飽き足りない織女は、彦星が雲に隠れるまで袖を振っていた（それが見えた）と読むのと、あるいは、いつまでも飽きずに袖を振る織女の姿が、雲に隠されるまで見えていたよと解釈するのと、まったく異なる二つの読み方がありうる。注釈書の解釈は、その二つに分かれているのである。

あなたは、どちらの理解でお読みになっただろうか……。

じつは、わたくし自身は、つい最近まで前者のように読んでいた。後者の読み方には思いいたらなかった。しかし、いま改めて考えてみると、なごり惜しくて、彦星の背中が見えるかぎり袖を振っていたとは、情愛のある姿のようで、そうでもない。織女は、彦星が雲に隠されたとたん、袖を振るのを止めたとでも言うのだろうか……。

おそらくは、そうではなくて、織女は飽きることなく、いつまでも袖を振っていた。作者は、雲のなかに織女が隠されてしまうまで、袖を振る彼女の姿は、ずっと見えていましたよと詠うのではないか。雲のむこうでは、彼女はいまもなお、ちぎれんばかりに袖を振り続けている。そのような余情もある。別れを惜しむ織女の心は、その余情によって、よりしみじみと表現されるであろう。

その読み方は、「雲隠るまで」の句が倒置的にかかる先を、「袖振る」ではなく「見えつ」だとするものである。

たとえば、「この床《とこ》の　ひしと鳴るまで　嘆きつるかも（寝床がビシビシ鳴るほどに、深いため息をついてしまった）」（三二七〇）という長歌の一節のように、ある限界をあらわす助詞「まで」と完了の助動詞「つ」のあいだには意味上の響き合いがあるのが常である。「まで」と「つ」はしばしば組み合わせて表現される。ここでも、「雲隠るまで」の助詞「まで」と「袖振る見えつ」の助動詞「つ」はあい呼応する。雲に隠れてしまうまで、（織女の袖を振る姿は）ずっと見えていたと言うのである。そう解釈されるべきであろう。

先に、主格の助詞「の」には（または「が」にも）かならず連体形が応じると述べたが、そのいっぽうで、助詞「は」には終止形が呼応するという決まりがある。先の文法学者は、その原則にしたがい、この歌について、「妹《いも》の命《みこと》は」の助詞「は」に「袖振る」の終止形が呼応するものと判断していた。そう考えて、活用語の終止形に「見ゆ」が接続する多くの例の一つに数えた。「妹が命は～（雲隠るまで）袖振る」の解釈でこの歌を読んだのである。

しかし、この歌の基本の構造は、「妹の命は〜(雲隠るまで)見えつ」である。つまり「妹《いも》の命《みこと》は」の「は」に呼応する終止形は「見えつ」であった。したがって、その上の「袖振る」は、織女の袖振る姿の意であり、先の長歌の例と同じ句形なのだから、これも同じ連体形である。袖を振るその姿が(雲に隠れるまで)見えていたという意味なのである。

終止形「見ゆ」は活用語の終止形に接続する

以上、めんどうな話が続いたが、二例の「袖振る見えつ」の「袖振る」を連体形と解釈すべきことが理解してもらえただろうか。一般に、《動詞「見ゆ」は活用語の終止形に付く》と述べられる原則は、じつは、連用形「見え」の場合には当てはまらない。その原則は、《動詞「見ゆ」の終止形「見ゆ」は、活用語の終止形に付く》と修正されなければならない。「船出《ふなで》せり(為利)見ゆ」(一〇〇三)ほかの三十二例がそれに該当する。しかし、「袖振る見えつ」の二例はそれに当たらない。二例は、連体形「袖振る」に「見ゆ」の連用形「見え」が接続した形である。

それなら同様に、「けぶりの立つ見えて」も、助詞「の」を受けた連体形「立つ」に連用形「見え」が付いた句と理解できる。

「東《ひむがし》の野《の》らにけぶりの立つ見えて」の「見えて」は、万葉集のやはりもう一つの名歌、

厚見王《あつみのおほきみ》の歌一首

かはづ鳴く神奈備川《かむなびかは》に影《かげ》見えて今か咲くらむ山吹《やまぶき》の花　（巻八・一四三五）

が、花の影が川面の上に見えることを詠うのと同じように、「けぶりの立つ」さまが野らに見えたことを言う。その「の」はごく当たり前に用いられる主格の助詞である。原文「炎《けぶり》・立《たつ》」のあいだに「の」を補読しないのは、むしろ考えにくいことなのである。

5　馬を馳せんとする皇子

「けぶり」の意味

そのように考えて、人麻呂の歌の上三句を「東《ひむがし》の野《の》らにけぶりの立つ見えて」と読んでみる。では、その「けぶり」とは何か。軽皇子の安騎野の狩猟の歌において、その「けぶり」はどのような意味をもつのか。こんどは、それが問われなければならないであろう。

真淵より以前、契沖『万葉代匠記』（精撰本）は、それまでの「アヅマノノ・ケブリノタテル・トコロミテ」の読みに従った上で、「案《あん》ズルニ火田《くわでん》トテ火ヲ放テ草ヲ焼テ猟ヲモスルナリ」と述べ、『文選』巻五の晋・左思《さし》「呉都賦《ごとのふ》」を引いている。その「火田」の「田」とは狩りのことであり、「火田」で火を放つ狩猟を言う。次に「呉都賦」の一節の大意を示してみよう。

《鉦《かね》や太鼓の音が山に響きわたり、林が燃えあがる。炎が飛び、煙がたちのぼり、空はかすみ、日はかげる。木々の折れ砕ける音、山の崩れる音が響きわたる。鳥たちは木々に止まりもあえず、けものたちは恐怖の声をあげる。》

狩猟の野では、鳥やけものを追い立てる役の勢子《せこ》たちが、鉦や太鼓を打ち鳴らし、林に火を放つ。そして、逃げまどう鳥獣を、まちぶせする射手《いて》たちが矢を放って射とめるのである。

その「火田」に似たものが日本の古代にもあった。平安時代の仏教説話集『大日本国法華経《ほけきょう》験記《げんき》』巻中に、野で「焼狩《やきがり》」をする者たちの放った火に巻き込まれたある法師が法華経を読誦して難をのがれたという話が見えるのがそれである(第五十四話)。

軽皇子たちの狩猟も、そのような焼き狩りだったのではないか。

あるいは、「けぶり」はノロシ(烽火)の煙だったかも知れない。鳥獣を追い立てる勢子たちと、待ち伏せする射手たちは、息を合わせて行動しなければならない。その連絡の手段には、おそらくはノロシが用いられたであろう。「けぶりの立つ見えて」とは、狩りの開始をまつ皇子が、その煙を目にした瞬間だったことになろう。

「かぎろひ」は「燃ゆ」と言われるものであったが、「けぶり」は「立つ」と表現される。その意味でも、万葉時代の読者は「炎立」の二文字から、「けぶりの立つ」という歌詞を容易に読みとることができた。そして、当時の狩りの実際をいささかでも知る読者なら、その歌詞から、焼き狩りの煙、またはノロシの煙の立つさまがすぐに想像されただろう。

「東の野らに」の「に」の意味

さきに、「野炎」の二字を七音句として読むための二つの方法のうち、一つは後に述べるとした(147ページ)のを覚えて下さっているだろうか。そこでは「野らにけぶりの」の読みを提示したのだが、「野にはけぶりの」として、七音句にする可能性も否定できないだろう。万葉集には、それを表記する漢字のないところに「には」を補読する例がいくらもあり(二四七八など)、また、下句で、振りかえり見ると、(西の空には)月が傾いているとするのに対して、ここで「(東の)野にはけぶりの(立つ見えて)」と詠うことも自然であろう。東の野には……、西の空には……という対照の表現と見られないでもない。

しかし、そのような景の対照には、おだやかな、ゆったりとした気分が感じられるものではないだろうか。狩りの歌にそれはふさわしいか。また前後の歌と調和するだろうか。

この歌は、東の野に煙が立つのを見て、すわやと振りかえりみて、西の空に傾く月によって狩りのはじまる刻限になったことを確かめた緊迫の一瞬を表現するのではないか。「野らに」の「に」は、その瞬間の表現にもっとも適切な助詞ではないだろうか。

短歌四首の構成

短歌四首の第一首の「安騎《あき》の野に宿《やど》る旅人《たびひと》うちなびき眠《い》も寝《ぬ》らめやも古《いにしへ》思ふに」は、野に宿って、父草壁への思慕に眠れぬ皇子を詠い、それを受けて、二首目「ま草刈る荒野《あらの》にはあれど黄葉《もみちば》の過《す》ぎにし君が形見《かたみ》とそ来《こ》し」は、かつて父が遊猟した荒野を「形見」として、自らそこに赴いた皇子の心を思いやっていた。

そして、この第三首は、東の野に立ちのぼる煙と、ふりかえり見た西の空に傾く月によって、狩猟開始の瞬間を知った皇子の感動を詠い、続く第四首の「日並《ひなみし》の皇子《みこ》の尊《みこと》の馬並《うまな》めてみ狩《かり》り立たしし時は来向《きむ》かふ」は、父君が馬を並べて狩りを始められた刻限が近づいたと、いざと勇み立つ軽皇子を描くのである。

短歌四首は、野に宿って亡き父を思う夜半の皇子と、今まさに狩りの馬を馳せんとする払暁の皇子と、前後二首ずつ、二段の構成にとらえられるであろう。

東《ひむがし》の野《の》らにけぶりの立つ見えてかへり見《み》すれば月かたぶきぬ

東方の荒れ野に立ちのぼる煙を見て、はっと振りかえり見ると月はすでに傾いている。

亡き父の視線を追うように東西を見た皇子の目となって、人麻呂は、朝狩りの時が来たことをこう詠ったのではないか。

第五章　笑いの歌

1　正岡子規の発見

万葉集には、恋の歌、四季の歌、人の死をいたむ歌などのほかに、宴席につどう人びとが、大笑いのうちに楽しんだような滑稽な詠作も少なくない。

巻十六の後半に、それらが集められている。

長忌寸意吉麻呂《ながのいみきおきまろ》の歌八首(その一)

さし鍋《なべ》に湯沸《ゆわ》かせ子ども櫟津《いちひつ》の檜橋《ひばし》より来《こ》む狐《きつね》に浴《あ》むさむ　(三八二四)

これまでに紹介してきた万葉集の歌の、どれにも似ない作であろう。歌の左に漢文の注があり、およそ次のように述べる。

《ある時、おおぜいで宴会をして酒を飲んでいたところ、ま夜中になって狐の声が聞こえた。そこで、ここにある食器や道具、それに狐の声と橋などをよみこんで歌を作ってみよと、まわりが意吉麻呂に勧めたところ、彼が即座によんだ歌である。》

みなのものよ、鍋に湯をわかせ。その湯を橋から来る狐にあびせかけてやろう！という乱暴な歌なのだが、「鍋」「檜橋」「狐」がよみこまれ、さらには「櫟津《いちひつ》」に「ひつ(櫃《ひつ》)」の語、また「来む」には狐の鳴き声コンまでが隠されている。

どっと笑う声、やんやの拍手喝采が聞こえてきそうな歌である。

万葉集のながい享受史のうえで、そのような戯笑の歌を楽しんだ人たちは少なくなかったであろう。しかし、その重要性を積極的に論じたのは、おそらくは正岡子規「万葉集巻十六」(明治三十二年)が最初だっただろう。子規のその短い文章は、前代の賀茂真淵らが、万葉集の歌の「簡浄、荘重、高古、真面目」を尊ぶばかりで、その「趣向の滑稽、材料の複雑」などには無関心だったことを批判する。そして、巻十六から、右の「さし鍋に」の作のほかに短歌九首、長歌一首をあげて、その滑稽のおもむきが文学的な美のひとつに数えられるものであり、その笑いを軽んじたり、嫌ったりすべきでないことを説いて、「歌を作る者は万葉を見ざるべからず。万葉を読む者は第十六巻を読むことを忘るべからず」と、その文を結ぶのである。

子規があげた短歌のうち、さらに二首を抜いて、万葉集の笑いを楽しんでみよう。

無心所著《むしんしよぢやく》の歌二首(その一)

我妹子《わぎもこ》が額《ひたひ》に生《お》ふる双六《すぐろく》の牡《ことひ》の牛の倉《くら》の上《うへ》の瘡《かさ》　(三八三八)

題詞の「無心所著」とは、「心の著《つ》く所無し」と訓読できる語である。心(意味)の付けようがないこと、つまり、さっぱり意味がとれないことを言うのであろう。わざと、意味の通じない歌を作って遊んだのである。子規は、「此歌《このうた》は理窟の合はぬ無茶苦茶な事をわざと詠めるなり。馬鹿げたれど馬鹿げ加減が面白し。」と述べている。たしかにそのような歌であろう。

子規は、末句を「鞍の上の瘡」としている。原文の「倉上之瘡」をそう読み、牛の鞍の上におできが出来たと解したのである。それが古来の読み方であった。現在もそれが通説である。しかし、妻の額に双六盤《すごろくばん》が生え、双六から牡《ことひ》の牛(大きな雄牛)が出てと、「馬鹿げ加減」が飛躍的に増してゆくのに、牛から鞍では、あまりにも当たり前すぎないか。笑いがしぼむのではないか。ここは、原文の「倉」が、この歌の前後で「倉建《くらた》てむ」(三八三二)、「稲《いね》を倉に上《あ》げて」(三八四八)の正訓字として用いられることも考えて、同様に建物の「倉」のことと解釈したらどうか。妻の額から、双六盤、大きな雄牛、そして倉までが生えて、その上にできものがあると言う。妻のおでこの大おできをからかう歌なのであろう。

池田朝臣《いけだのあそみ》の、大神朝臣奥守《おほみわのあそみおきもり》を嗤《わら》ひし歌一首　池田朝臣、名忘失《なまうしつ》す

寺々《てらてら》の女餓鬼《めがき》申《まを》さく大神《おほみわ》の男餓鬼《をがき》賜《たば》りてその子はらまむ　(三八四〇)

子規のあげる短歌の八首目である。この末句の諸本の原文は「将播」。子規は「産《う》まさむ」と読んで、「これは大みわの朝臣といふ人が餓鬼の如く痩《や》せたるを嘲《あざけ》りて戯れたる者にて、女の餓鬼が大みわの朝臣を夫に持ちて子を産みたいといふ。といへる、奇想天外なり。」と評している。寺の地獄絵に描かれた女の餓鬼か、あるいは餓鬼の像かが、あんたと結婚して、子を産みたいと言っているぞと、やせっぽちの(そして、おそらくは子だくさんの)大神朝臣を笑った歌である。人の容姿などをあざけり、はやしたてるのは、今日の道徳ではむつかしく非難されそ

うなことだが、万葉の人々は、それをいたって無邪気に、陽気に楽しんだのである。
ならば、大神朝臣のおかえしの作も、ぜひとも引かなければならないだろう。

大神朝臣奥守の報《こた》へ嗤《わら》ひし歌一首

仏《ほとけ》造《つく》る真朱《まそほ》足らずは水溜《た》まる池田の朝臣《あそ》が鼻の上《うへ》を掘《ほ》れ　（三八四一）

「真朱」とは赤土。赤色の顔料とされた。仏さまを造るのに赤のえのぐが足りなければ、（水溜まる）池田の朝臣の鼻の上を掘ればいいのさと、その赤鼻を嘲笑したのである。

正倉院文書のうち、天平勝宝四年（七五二）閏《うるう》三月十八日類収とされる「仏像彩色料幷布施等注文」（奈良時代古文書フルテキストデータベース・東京大学史料編纂所）には、

金青一両直銭七百文　洙《（朱）》沙一両直銭一千文
同黄半分直銭一百五十文　胡粉二両直銭八十文
……

の一覧が見える。仏像の彩色に用いる顔料が各色どれほどの値段だったかが分かる貴重な資料である。「洙《（朱）》沙一両直銭一千文」とは、赤色の顔料の朱沙《しゅさ》一両《りょう》の「直銭《じきせん》（値段）」が「一千文《もん》」だったことを言う。両は重さの単位で、斤《きん》の十六分の一。斤は正倉院宝物の実測調査によれば約六百〜六百七十グラムだという（日本史広辞典）。つまり「洙沙一両」は四十グラム前後の赤土。それが「一千文」。当時、米一升の値段が五文ほどだった（古代・中世都市生活史（物価）データベー

ス・国立歴史民俗博物館)から、「一千文」とは米二百升(二石)のあたいにもなる。それはまことに高価な顔料であった。

天平時代の仏像には、銅像や木造のほかに、泥をこねて成形した塑像《そぞう》や、漆で麻布を貼り重ねて作った乾漆《かんしつ》像などがあった。塑像、乾漆像は青や赤、金色などに塗られることが常であり、銅像や木造にも色付けされることがあった。その色どりに用いる貴重な赤土が、池田の朝臣の赤鼻を掘れば手に入るぞと反撃したのである。

おそらく大神と池田は、このような悪口雑言のいちいちに手をうち、笑いころげる応援団に囲まれていたのだろう。酒の入った宴席のにぎやかな余興の歌だったに違いない。

しかし、それらの大騒ぎの声は、王朝和歌の世界では、ふっつりと絶えてしまった。

藤原俊成『古来風体抄』には次のように述べる。

万葉集にあればとて、詠まんことはいかがと見ゆることも多く侍るなり。……第十六巻にや、池田朝臣《いけだのあそみ》、大神朝臣《おほうわのあそみ》などやうの者どもの、互《かたみ》に戯れ罵《の》り交《かは》したる歌などは、学ぶべしとも見えざるべし。

たしかに、王朝和歌には嘲罵も哄笑もない。さらには「双六」や「餓鬼」のような漢語もない。そのような卑俗を捨て去ったところに、後の和歌の風雅は成立したのである。

2　愚人の歌

子規の「万葉集巻十六」は、長歌の例として、難波の蟹《かに》が飛鳥に運ばれ、塩漬けにされて大君の食卓にのぼるまでの道ゆきを、蟹自身のことばとして語る「乞食者《ほかひ》(芸能者)の歌」をあげている。そして、それらの滑稽の歌をもつ巻十六を「万葉の光彩を添ふると共に和歌界の光彩を添ふる者」と顕彰するのである。

ここでは、同じ巻の別の長歌(三八七八)を取りあげてみよう。

能登国《のとのくに》の歌三首(その一)

梯立《はしたて》の　熊来《くまき》のやらに　新羅斧《しらきをの》　落《お》とし入れ　わし　あげてあげて　な泣かしそね　浮き出《い》づるやと　見《み》む　わし

右の歌一首は、伝《でん》に云《いは》く、「或有《あ》る愚人《ぐじん》、斧海底《をのかいてい》に堕《お》ちて、鉄沈《てつしづ》みて理《ことわり》として水《みづ》に浮《う》かぶことなきことを解《さと》らず、聊《いささ》かにこの歌を作りて、口吟《こうぎん》して喩《をし》へと為《な》しき」といふ。

難しい歌で、よく分からない言葉が多い。まず「梯立の」は、地名「熊来」の枕詞らしいが、どのような意味で「熊来」にかかるのか、不明である。その「熊来」は、能登半島のなかほどの入り海の奥、石川県七尾《ななお》市中島《なかじま》の地である。「やら」は、おそらく浅い海を言うのであろう。

「新羅斧」は朝鮮半島の新羅国産の斧か。あるいは、その形をまねて作った斧かも知れない。「わし」は囃子詞《はやしことば》か。また「あげてあげて」は、しゃくりあげて泣くさま、または声をあげて泣くさまを言うのだろう。

このように意味のはっきりしない言葉が多いのだが、しかし、「新羅斧《しらきをの》 落《お》とし入れ」が斧を「やら」の水中に落としたこと、そして「な泣かしそね」がお泣きなさるなの意であることは明らかである。左注の「斧海底に堕ちて」や「口吟して喩へと為しき」をも合わせて考えると、斧を海に落として泣く人を教えさとし、慰める歌であることは間違いない。

つまり、斧を失って泣く人と、それを慰める人とが登場する歌である。

それでは、左注のはじめに記される「或有《あ》る愚人」とは、そのどちらのことだろうか……。

契沖『万葉代匠記』(精撰本)はそれを次のように考えた。

此《これ》ハ愚人ノ、斧ヲ海底ニ堕《おと》シ入レテ、若《もし》ヤ浮出《うきいづ》ルト待《まち》ケルヲ見テ、彼《かれ》ガ心ニ成《なり》テ読《よみ》テ、愚ナルヲサトシ教フルナリ

斧を落とした愚人の心になって、浮きあがるかどうか見ようと詠い、それがありえないことを教える歌だと解釈した。以来、その読みが基本的に踏襲された。

古典集成の左注の次の訳もそうである。

右の歌一首には、こんな伝えがある。ある愚か人が、斧を海底に落し、鉄が沈んだら浮ぶ

道理がないのも分からずにいた。そこで周《まわ》りの人が、慰みにこの歌を作って吟《くちずさ》み、当てこすってやったという。

斧を落とした愚人を小馬鹿にした歌と理解したのである。

しかし、それは話が逆だろう。

斧を落とした人は「な泣かしそね」、泣かないでと慰められている。彼はいま泣いているのである。なぜか。水に落ちた斧が二度と浮かび上がらないことを知り、取り返しのつかぬ過ちをしたと悔やむからである。彼は決して愚人ではない。

いっぽう、その人を慰めて、「浮き出《い》づるやと　見《み》む」と教える方が、鉄が水に浮かばない道理を知らぬ愚人である。私たちは、教える方が賢人で、教えられる方が愚人とつい思いこみがちだが、この話はそうではない。

その誤解は、左注の「或《あ》有る愚人《ぐじん》、斧海底《をのかいてい》に堕《お》ちて」のところを、愚人が自分の斧を海底に落としてと解釈することで、引き起こされるのだろう。原文は、「斧堕海底」である。もしもそれが「堕斧海底（斧を海底に堕《お》として）」の語順であれば、「或《あ》有る愚人《ぐじん》」が直下の動詞「堕」の主語となる。愚人が斧を海底に落としたことになる。しかし、「斧堕海底（斧海底に堕ちて）」であれば、それは上の「愚人」を直接には受けない独立した文であり、挿入的な句となろう。「或《あ》有る愚人」は、それを飛びこして、「鉄沈《しづ》みて理《ことわり》として水に浮かぶことなきことを解《さと》らず」

にかかる。それは漢文としては稚拙な構文だろうが、斧が水に浮きあがらないことを知る人が泣き、逆にそれを知らぬ人が「浮き出《い》づるやと　見《み》む」と教えていることが確実なのだから、そう読まざるを得ないであろう。

万葉集の注釈書のなかでは、知るかぎり、明治末から昭和初めにかけて作られた井上通泰《みちやす》『万葉集新考』だけがこれを正しく解釈していた。

愚人が人の斧をおとしたるを見て、鉄の沈めば水に浮《うか》ぶ理《ことわり》なきを知らで、此《この》歌を作りて斧をおとしたる人を慰めたるなりといへるなり。

道理を知らぬ愚人が、道理を知って泣く人を教えさとし、慰めたという滑稽の歌なのである。「愚人」とは、万葉集にはほかに「水江《みづのえ》の浦《うら》の島子《しまこ》」を「世の中の愚《おろ》か人《ひと》」とよぶ例（巻九・一七四〇）があるだけだが、仏典にはしばしば見られる漢語であった。たとえば、そのころ東大寺写経所でくりかえし書写された『百喩《ひゃくゆ》経』というお経には、数えきれぬほどの「愚人」たちが登場する。

なかには、この「熊来」の人にやや似たところのある「愚人」もいた。その男は、海を渡る船から銀の鉢を落としたのだが、急ぎ水面に印をつけて、こうしておけば、あとからでも捜せるから大丈夫と考えた。そして、ふた月の旅の後に来たセイロンの河で、水に入って鉢を捜した。そのわけを問われて、「我れ釪《はち》を失ひし時、水に画《くわく》し記《しる》しを作る。本《も》と画しし所の水、これと異なること無し。この故にこれを覔《もと》む」と答えて、大笑いされたという話である。

この『百喩経』の「愚人」は、根本的な道理を知らないままに、小さな知恵を頼みにして、とんでもない間違いを犯した。「熊来」の「愚人」も同じである。彼にも、水に落ちたものはやがて浮かびあがるという知識はあった。しかし、鉄だけは沈めばそのままという肝心の道理を知らなかったばかりに、「浮き出《い》づるやと見《み》む」と、したり顔に「口吟《こうぎん》して喩《をし》へと為《な》」す滑稽を演じた。この歌は、おのれの愚かさを知らずに人を教えみちびくという、救いがたい、しかし誰にもありがちな過ちを、あかるく、かしこく笑うものであった。はるかにくだって、江戸時代初期の策伝和尚《さくでんおしょう》の『醒睡笑《せいすいしょう》』(巻一)に次のような話がある。

　小僧あり。小夜《さよ》ふけて長棹《ながざを》をもち、庭をあなたこなたと振りまはる。坊主これを見付け、「それは何事《なにごと》をするぞ」と問ふ。「空の星が欲しさに、うち落さんとすれども落ちぬ」と。「さてさて鈍《どん》なるやつや。それほど作がなうてなる物か(そんなに工夫がなくてどうする)。そこからは棹《さを》がとどくまい。屋根へあがれ」といはれた。お弟子はとも候へ、師匠の指南《しなん》ありがたし(お弟子はともかくとして、先生の教えこそありがたいものだ)。

　　星一つ見つけたる夜のうれしさは月にもまさる五月雨《さみだれ》のそら

このような上乗の笑いが、すでに万葉集にあったのである。

第六章　万葉のこころ

1　「父母《ちちはは》も花にもがもや」

万葉集のできるだけたくさんの歌に出会いたい。

それも、平安時代以来、あまりかえりみてこられなかった作を多く読んでゆきたい。

大津皇子《おほつのみこ》の、石川郎女《いしかはのいらつめ》に贈りし御歌《みうた》一首

あしひきの山のしづくに妹《いも》待つとわれ立ち濡《ぬ》れぬ山のしづくに　（巻二・一〇七）

石川郎女の和《わ》し奉《たてまつ》りし歌一首

我《あ》を待つと君が濡《ぬ》れけむあしひきの山のしづくにならましものを　（一〇八）

これはよく知られた相聞歌である。恋の歌では、女が男の訪れを待つことが詠われるのが普通である。ところが、この皇子の歌は、皇子が郎女を、しかも山水のしずくに濡れるような山かげで待ったことを言う。尋常でない何らかの事情があったことの推測される歌である。

そのわけを想像することは、今は置こう。ここで注意したいのは、郎女の返しの歌のほうに、私を待ってあなたが濡れたという（あしひきの）山のしずくに、できればなってみたいのに、と詠うことである。しずくにでもなって、あなたに触れていたいという心である。

官能的とも言える表現であり、「その雨雫になりとうございますと、媚態を示した女らしい語気の歌である」(齋藤茂吉『万葉秀歌』)と批評されることがあった。

しかし、男たちも、これに似た心を詠っていた。

わが思ひかくてあらずは玉《たま》にもがまことも妹《いも》が手に巻《ま》かれむを
(巻四・七三四)

かくばかり恋ひつつあらずは朝《あさ》に日《け》に妹《いも》が踏むらむ地《つち》にあらましを
(巻十一・二六九三)

こんなに苦しくあなたを思っているぐらいなら、いっそ玉になりたい。そしたら腕輪の玉として本当にあなたの手に巻いてもらえるのにと詠うのは大伴家持である。また、こんなに恋しているより、朝ごと日ごとに妹《いも》が踏む土になってみたいと詠うのもむろん男である。

男女を問わずに、逢えずに恋に苦しむよりは、しずくや玉や土になって、相手の身に触れていたいと詠ったのである。これに類する歌は万葉集には少なくない。しかし、王朝の歌人たちにそれに似た作を見ることはまずないだろう。後には忘れられた万葉のこころであった。

もっとも、中国古代の詩には次のような表現があった。

願《ねが》はくは西南《せいなん》の風と為《な》りて、長《なが》く逝《ゆ》きて君が懐《ふところ》に入《い》らん
(魏《ぎ》・曹植《そうしょく》「七哀《しちあい》詩」・『文選』巻二十三)

願はくは糸に在《あ》りては履《くつ》と為《な》り、素足《そそく》に附《つ》きて以《もっ》て周旋《しゅうせん》せん
(東晋・陶淵明《とうえんめい》「閑情《かんじょう》賦」)

どうか西南から吹く風になって、はるかに流れて、遠くを旅するあなたのふところに飛びこみたいとは、家に残された妻の切ない願いである。また、糸ならば履き物に編まれて、あなたの

素足《すあし》に履かれて行き来したいとは男の情欲である。男女ともに何かの物になり、恋しい人の身に接したいと表現したのである。

万葉の人々は、このような中国古代の詩の発想に学ぶところがあったのだろうか。そうは考えられない。というのも、万葉の人々は、自分が何かの物になることと同時に、相手が何かになることをも願望した。その想像力の領域はより広かったのである。

たとえば、さきの大伴家持の「わが思ひ」の歌は、恋人の坂上大嬢《さかのうえのだいじょう》から贈られた次の歌への返しの作であった。

玉ならば手にも巻かむをうつせみの世の人なれば手に巻きがたし　(巻四・七二九)

あなたが玉だったら、腕輪の玉にしていつも手に巻き付けておくのに、あなたは(うつせみの)この世の人なので、手に巻くことはできないのですね……。

大嬢と家持とは、あなたを玉にしたい、私が玉になれたら、と詠いかわしていた。ふたりの思いは、じつはひとつづきのものであった。

同じような相聞が、巻十四の東歌《あずまうた》、東国の男女の歌にも見られた。

置《お》きて行《い》かば妹《いも》はまかなし持ちて行《ゆ》く梓《あづさ》の弓《ゆみ》の弓束《ゆづか》にもがも　(三五六七)

後《おく》れ居《ゐ》て恋ひば苦《くる》しも朝狩《あさがり》の君が弓にもならましものを　(三五六八)

防人《さきもり》にされて筑紫にむけて旅だつ男と、見送る妻との贈答である。夫は、家に置きざりにするのはかわいそうだ。おまえが、手にして行く弓の握りのところであればなあと詠い、妻は、家に残されて恋しているのはつらい。いっそ、あんたの朝狩の弓になって付いていきたいと答えた。

　このように、万葉の人々は、都の貴族であろうと、東国の名もなき人であろうと、相手が何かであれば、また自分が何かであれば、たがいに身を接して居られるのにと、切ない恋ごころを詠った。いっぽう、中国の古代詩に後者の表現があることは先に示したが、前者の例はなかなか見つけることができない。

　万葉の人々の心のうちには、相手が何かであったらなあ、という願望が、自分が何かであればなあ、という願いとともにあった。そして、どちらかと言えば、相手が何かであればと願うことの方が、想像力のより大きな飛躍を要する思いと言えるであろう。

　大伴家持が収集した防人《さきもり》たちの歌にもそのような歌が見られた。

　父母《ちちはは》も花にもがもや草枕《くさまくら》旅は行《ゆ》くとも捧《ささ》ごて行かむ　（巻二十・四三二五）

　母刀《あもと》自《じ》も玉にもがもや戴《いただ》きてみづらの中《なか》に合《あ》へ巻《ま》かまくも　（四三七七）

「〜も〜にもがもや」は、現実的でないことを詠嘆をこめて願う心である。父さん母さんが花だったらなあ。そしたら(草枕)旅のみちも手に捧げ持って歩けるのに。また、母さんが玉であればなあ。頭にいただいて、結んだ髪の中に巻き入れてゆくのに、と詠ったのである。

2　防人の歌

防人《さきもり》とは、崎守《さきもり》の意。おもに東国出身の兵士たちが、唐や新羅の侵攻に備えて北九州の島や崎を守った。毎年、故郷を離れた千人が難波に集結し、船で大宰府に運ばれ、そこからそれぞれの守備地に向かった。任期は三年。常に約三千の兵士がことに当たった。

万葉集巻二十に収められた防人関連の歌は百十三首。そのうち八十四首は、天平勝宝七歳《しちさい》(七五五)二月に、難波で防人を監督した兵部少輔《ひょうぶのしょうふ》大伴家持が、国ごとに防人を引率する部領使《ぶりょうし》に防人たちの歌を提出させ、拙劣《せつれつ》な作をのぞいてとりまとめたものである。防人を送り出した妻の歌が六首、父の歌が一首ふくまれる。防人自身の作った七十七首中、妻を詠うものが二十六首、親を詠うものは、前節の「父母《ちちはは》も」、「母刀自《あもとじ》も」の二作を含めて二十二首であった。

その二十二首中、「父母《ちちはは》」「母父《おもちち》」などと両親を詠うのは十一例、「母《はは》」「母《あも》」などは十例、「父《ちち》」は一例。やはり彼らの慕情はおもに母親にむかっていたらしい。

時々《ときどき》の花は咲けども何《なに》すれそ母《はは》とふ花の咲き出来《でこ》ずけむ　(四三二三)

橘《たちばな》の美袁利《みをり》の里に父《ちち》を置きて道の長道《ながち》は行《ゆ》きかてぬかも　(四三四一)

父母《ちちはは》が頭《かしら》かき撫《な》で幸《さく》あれて言ひし言葉《けとば》ぜ忘れかねつる　(四三四六)

たらちねの母《はは》を別れてまこと我《われ》旅の仮廬《かりほ》に安く寝《ね》むかも　(四三四八)
わが母《はは》の袖《そで》もち撫《な》でて我《わ》が故《から》に泣きし心を忘らえぬかも　(四三五六)
摂津《つ》の国の海の渚《なぎさ》に船装《ふなよそ》ひ立《た》し出《で》も時に母《あも》が目もがも　(四三八三)

うち六首を右にあげてみた。方言がまじってわかりにくいところがあるかも知れない。しかし、語意のいちいちを解説するまでもなく、歌の心は私たちの心にまっすぐに届くだろう。

このように親への思慕を詠うのは、じつは古代の詩と歌にはきわめてまれなことであった。『詩経』の魏《ぎ》の国の歌に「陟岵《ちょくこ》」という作がある。軍役に召された兵士が父、母、兄を思う詩である。その最初の一節を古い注釈(毛伝鄭箋《もうでんていせん》)の解釈によって読みくだしてみよう。

彼《か》の岵《こ》に陟《のぼ》りて、父《ちち》を瞻望《せんぼう》す、父曰く、嗟予《ああわ》が子《こ》、役《えき》に行《ゆ》きて、夙夜已《しゅくやおこた》ること無《な》かれ、上《かみ》たるときはこれを慎《つつし》め、来《きた》るべし、止《とど》むること無《な》かれ、と

戦地のはげ山に登って父の住むかたを望む。父さんはおっしゃった、「ああ我が子よ、軍役に従うなら、朝夕おこたってはならぬ。部隊にいる時は、行いをつつしめ。帰ってきてもよいが、勤めをやめてはならぬぞ」。その言葉を思い出すと詠うのである。さきの防人のひとりも、やはり父母の「幸《さく》あれて(無事でいなさいと)言ひし言葉《けとば》」を思った。しかし、「夙夜已《しゅくやおこた》ること無《な》かれ」云々は、それとはずいぶんと印象の違う言葉だろう。その「来《きた》るべし、止《とど》むること無《な》かれ」という父親の言葉について、毛伝は、「父、義を尚《たふと》ぶるなり」と解説する。防人の父母が

甘やかな情愛の言葉をかけたのに対して、この父親は義を重んずる心をきびしく教えた。兵士もそれを心に刻んだのである。

そのような中国の兵士が自らも義を尊んだことは当然のことである。『文選』巻二十七、魏・曹植《そうしょく》の楽府《がふ》詩「白馬篇」は、白馬に騎した兵士の語りを次のように結んでいる。

身を鋒刃《ほうじん》の端《はし》に棄《す》つ、性命安《いづく》んぞ懐《おも》ふべけんや、父母すら且《か》つ顧《かへり》みず、何《なん》ぞ子《こ》と妻《つま》とを言はん、名《な》壮士の籍《せき》に編《あ》まれなば、中《うち》に私《わたくし》を顧みることを得ず、軀《み》を捐《す》てて国難《こくなん》に赴《おもむ》き、死を視《み》ること忽《たちま》ちに帰《き》するが如《ごと》し

国難を救う公《おおやけ》の務めのためには命を捨て、父母、妻子などは振りかえりもしないと詠ったのである。また、戦地に赴かずとも、『文選』の旅の詩には、友や天子や古聖賢を思う詩句は多いが、父母を顧みる表現はない。唐代以降の詩においても、行旅の作であれ、辺境での作であれ、父母への思いを詠うものはほとんどないであろう。

のみならず、防人たちの父母思慕の歌は、万葉集のなかにあっても特殊なものであった。

万葉集には、防人歌以外にも父母を詠う作はある。たとえば、相聞の歌には、「たらちねの母」が娘をつねに監視していて、男女が逢えないことを嘆く作が数多い。また、旅路に死んだ見知らぬ人をいたむ歌(行路死人歌)では、死者の両親の心を次のように思いやる。

母父《おもちち》も妻《つま》も子どもも高々《たかたか》に来《こ》むと待ちけむ人の悲しさ　（巻十三・三三三七）

両親も妻子も、この人の帰りをいつかいつかと待っているだろうにと同情する。

また、山上憶良「或《まど》へる情《こころ》を反《かへ》さしめし歌」は家族を捨てて山林で修行する人を戒めて、

父母《ちちはは》を　見れば尊《たふと》し　妻子《めこ》見れば　めぐし愛《うつく》し（いとしくかわいい）　世の中は　かくぞことわり（それが道理だ）……　（巻五・八〇〇）

と、孝の心をおしえる。

しかし、作者自身が、我が親を慕う歌は、次の作がごく珍しい一例であった。越前で重病にかかり、死を覚悟した時の大伴家持の長歌「忽《たちま》ちに枉疾《わうしつ》（悪病）に沈《しづ》みて殆《ほとほ》と泉路《せんろ》（死）に臨《のぞ》む。仍《すなは》ち歌詞を作りて以《もつ》て悲緒《ひしよ》を申《の》べし一首」である。

たらちねの　母の命《みこと》の　大船《おほぶね》の　ゆくらゆくらに　下恋《したごひ》に　いつかも来《こ》むと　待《ま》たすらむ
心さぶしく　はしきよし　妻の命も……　（巻十七・三九六二）

万葉集の歌人は、旅の歌でさえ、よほどのことがなければ我が親を詠わなかったのである。

それに対して、防人たちの父母思慕の歌はあまりにも多い。もう一首、引用してみよう。

水鳥《みづとり》の立《た》ちの急《いそ》ぎに父母《ちちはは》に物言《ものは》ず来《け》にて今ぞ悔《くや》しき　（巻二十・四三三七）

出発前のあわただしさにかまけて、両親に言葉をかけて来なかったことを悔やむのである。

契沖『万葉代匠記』（初稿本）はこの歌の注に、防人の歌全般をとりまとめて次のように論じる。

すべておよそ此防人《このさきもり》どもの歌、ことばはだみたれど(方言でなまっているが)、心まことありてちちははにけう(孝)あり。妻をいつくしみ子をおもへる、とりどり(それぞれ)にあはれなり。都の歌はふるくもすこしかざれることもや(古い時代の作でも少し言葉を飾って表現するところがあるだろう)といふべきを、これらを見ていにしへの人のまことはしられ侍り。

防人たちの歌には、親や妻子を思う真実の心が表されている。都の人たちの歌には古い時代の作ですら本心を少しはいつわり飾って述べることがありそうだが、古人のまごころは、防人の歌を見て知られると説くのである。契沖はここに「孝《けう》」という漢語を使っているが、防人たちはおそらくそんな概念は知らないままに、親を思う心を詠ったのではないか。「孝」という道を知り、それを教える歌を作ったのは、山上憶良のような都の知識人だった。

憶良は、肥後国から上京する道で死んだ大伴熊凝《くまごり》という若者の臨終の心を思いやって、

たらちしの母が目見《めみ》ずておほほしくいづち向きてか我《あ》が別るらむ　(巻五・八八七)

などと詠った。しかし、自身の親を思う作は、憶良にはない。憶良ら都の知識人たちは、かえって、みずからの父母への慕情を詠うことを知らなかったのである。

王朝の和歌にも親を詠うものはきわめてまれである。「たらちね」という歌語はあったが、平安朝以降の旅の歌に、父母を思う作はほとんど見られない。

防人の歌の「まこと」は、王朝和歌の雅《みやび》の世界には失われていたのである。

3　水に映る妻の姿

防人たちの歌には都人の作には見られない表現があった。次の歌もその一つである。

わが妻《つま》はいたく恋《こ》ひらし飲む水に影《かご》さへ見えてよに忘《わす》られず　（巻二十・四三二二）

「恋ひらし」は「恋ふらし」の、また「かご」は「かげ」の方言の形である。そして、「恋ひらし」の助動詞「らし」は、ほかのなにか確実な証拠によって、そのことを推量する心を表す。「飲む水に影《かご》」が見える事実により、「わが妻はいたく恋ふ」ことが思いやられると言うのである。

旅の道で水を汲んで飲もうとすると、そこに妻の顔が映る。ひごろ心に妻を思うのはもちろんのことだが、それに「影《かご》さへ」、その姿までが、水を飲むたびに見える。そこから、作者は、妻はおれのことをひどく恋しがっているのだなと思いやった。「よに忘られず」は、まったく忘れることがないの意。毎日、みちみち、水を飲む。そのたびに、妻の顔が水の上に浮かぶ。ああ、これでは妻のことを忘れるいとまもない……と、そのような含意もあるだろうか。

旅の夫が妻の面影を見るという歌は、万葉集には、ほかにも例がある。第三章の2「旅の歌の『あはれ』」に引いた巻十二の相聞歌の二首（102ページ）、

遠《とほ》くあれば姿《すがた》は見えね常《つね》のごと妹《いも》が笑《ゑ》まひは面影《おもかげ》にして（三一三七）

年も経《へ》ず帰り来《こ》なむと朝影《あさかげ》に待つらむ妹し面影に見ゆ（三一三八）

がそれであり、また巻十一の、

灯火《ともしび》のかげにかがよふうつせみの妹が笑まひし面影に見ゆ（二六四二）

を付け加えることもできよう。ともしびの「かげ（光）」に揺らめいて、そこに本当に妻がいるかのように、その笑顔が見えるとうたう作である。

そのように妻が面影に見えるということなら、私たちにも理解しやすい。私たちにもあることなのかも知れない。そして私たちなら、そこからおのれの妻恋いのはなはだしさを思うことだろう。

それに対して、「わが妻は」の作者は、妻の面影を見て、逆におのれを慕う妻の恋ごころを思いやった。それは、万葉集にほかに例のない発想であり、表現であった。

しかし、その心は決して孤立したものではなかった。現代の合理的な思考にはとらえにくいものだが、古代の人々には、ごくあたりまえに感じられる考え方だったであろう。

そう思うわけを、二つの例をあげて示してみよう。

『伊勢物語』第六十三段は、在五中将《ざいごちゅうじょう》（在原業平）が、ある孝行息子の懇願をいれ、その母親の色好みの老女に逢ってやるという風変わりな話である。一夜の共寝ののち、ふたたびの訪れがなかったので、待ちわびた女は男の家に行って中をのぞきこむ……。
さて、のち、男見えざりければ、女、男の家にいきて、かいまみけるを、男、ほのかに見て、

百歳《ももとせ》に一年《ひととせ》たらぬつくもがみ我《われ》を恋ふらし面影に見ゆ

とて、いで立つけしきを見て……

百歳に一年たらない(九十九歳)とはたいそうな誇張だが、その「つくもがみ」、老いた髪の女が私を恋しく思っているらしい、面影に見えるよと、男は詠う。ほんとうは、垣根の向こうからこちらをのぞく女の顔が見えたのだが、男は空《そら》とぼけて、彼女の面影が見えるよ、さてはきっと私を恋しがっているのだろうと詠ったのである。

滑稽な歌ではある。しかし、人に思われるとその面影が目の前に立つという考え方がなければ成り立たない作である。その俗信は、平安時代の人々の心のどこかには、たしかにあった。それがさらに古い時代にもさかのぼって存したことを想像させる歌であろう。

もう一つは、万葉集巻二十の「昔年《せきねん》の防人の歌」八首の一首に見える次の発想である。

家《いは》の妹《いも》ろ我《わ》を偲《しの》ふらし真結《まゆす》ひに結《ゆす》ひし紐《ひも》の解《と》くらく思《も》へば　(四四二七)

初二句の、家の妻がおれを偲んでいるらしいという表現は、さきほどの「わが妻《つま》はいたく恋《こ》ひらし」と同じ思いである。つまり、これもその下の、堅結《かたむす》びに結んだ衣の紐が自然に解けたこ

とを確かな証拠として、妻が自分を思っていることを推察する歌である。
しかし、なぜ紐が解けると、妻がこちらを思っていることになるのだろうか。
似た内容の歌はほかにもある。

愛《うつく》しと思へりけらしな忘《わす》れと結《むす》びし紐《ひも》の解《と》くらく思《おも》へば　（巻十一・二五五八）

第三句の「な忘れ」とは「忘れてはならない」の意。忘れるな、忘れないでね、と互いに約束して結びあった衣の紐が「解くらく」、自然に解けることを思うと、あなたが私を「愛《うつく》し（いとしい）」と思ってくれたなと分かると詠うのである。

我妹子《わぎもこ》し我《あ》を偲《しの》ふらし草枕《くさまくら》旅の丸寝《まろね》に下紐《したびも》解けぬ　（巻十二・三一四五）

こちらは、旅の夫が、衣を着たまま寝ると下紐が解ける、さては、妻がおれのことを思ってるのだろうと推測する。おそらくは家の妻の作であろう。離ればなれの夫と妻が、自分の衣の紐が解けるのを、相手の思いによる感応と見たのである。

ふたりが共寝する時は、たがいにたがいの衣の紐を解く。この二首は、相手がこちらを思う、その思いの力が、実際に共寝する時と同じように、この下紐を解くものと考えたのである。

この下紐を解くなら、その面影をこちらに届けるぐらいはたやすいことだろう。

人の思いの不可思議な力が、これらの歌には一貫して詠まれているのである。

4　思われて見る夢

相手の思いがその面影をこちらに届けるなら、夢もまた同じであろう。

恋しい人を夢に見た時、私たちなら、ひごろの我が思いがその人を夢に見させたと考えるだろう。万葉集でも、そのように詠う例はある。しかし、その反対に、人がこちらを思う、その思いが、その人の面影をこちらの夢に届けると詠うことが万葉集にはあった。

その例の方が、ずっと多い。万葉集の時代、「夢」は「いめ」と発音されて、「伊米《いめ》」「伊目《いめ》」などとも表記されたが、万葉集の「夢《いめ》」の大半は、思われて見る夢であった。

巻四に、湯原王《ゆはらのおおきみ》と娘子との相聞歌が並んでいるが、娘子の歌にもそれが語られていた。

わが背子《せこ》がかく恋ふれこそぬばたまの夢《いめ》に見えつつ寝《い》ねらえずけれ　（六三九）

あなたがこんなに恋しく思って下さるので、（ぬばたまの）夢にあなたが何度も見えて眠れなかったのですねと詠う。また巻十五、新羅への使者のひとりも、次のように言う。

我妹子《わぎもこ》がいかに思《おも》へかぬばたまの一夜《ひとよ》も落ちず夢《いめ》にし見ゆる　（三六四七）

都の妻がどんなに思うのか、（ぬばたまの）一夜もかかさずに夢に見えるよと詠う。

巻十一、巻十二の相聞歌には夢の歌が数多いが、次の一首は、あなたが身を尽くし、心を尽くして思うのか、「ここにも」、私の方の夢にも、あなたがむやみと見えますと詠う。

みをつくし心尽《こころつ》くして思へかもここにももとな夢《いめ》にし見ゆる　（巻十二・三一六二）

このように、万葉の人びとは、夢に人を見るのは、相手がこちらを思うせいだと考えた。逆に、こちらが人を思うと、その人の夢に自分が見られるものと詠った。

大伴家持が娘子に贈った歌にいう、

夜昼《よるひる》といふわき知らず我《あ》が恋ふる心はけだし夢《いめ》に見えきや　（巻四・七一六）

明けても暮れてもあなたを恋い続ける私の心は、もしかして、あなたの夢に見えましたか……。夢をそのように考えたから、恋しい人が夢に見えなければ、思ってくれないのだと悲観した。その人を夢に見たければ、こちらを思ってほしいと願った。

夢《いめ》にだに見えばこそあらめかくばかり見えずしあるは恋ひて死ねとか　（巻四・七四九）

同じ家持が坂上大嬢に贈った歌である。せめて夢に見られたら心を慰められるのに、こうして夢にも見えないのは、恋死にでもせよと、思いをかけてくれないのですねと怨むのである。

現《うつつ》には逢ふよしもなし夢《いめ》にだに間《ま》なく見え君恋《こひ》に死ぬべし　（巻十一・二五四四）

これは作者未詳の歌。現実には逢うすべがありません。せめて夢にだけでも絶えず姿をお見せ下さい。恋の思いに死んでしまいますと訴える。夢に現れて下さいとは、こちらを思ってほしいと願うことである。相聞歌の夢の歌には、「夢に見えこそ」「継ぎて見えこそ」「やまず見えこそ」などと、他への希求の心を表す助詞「こそ」を用いる表現が頻出する。すべて、私を思って下さい。その思いの力によって、私の夢に現れて下さいと懇願するのである。

いっぽう、中国の詩人たちは、どのように夢を詠っただろうか。「夢魂」ということばがある。唐代以降にさかんに用いられるようになった詩語である。

唐・李白「長相思《ちょうそうし》」の一節に、それは次のように詠われる。

天長《てんなが》く路遠《みちとほ》くして魂飛《たましひと》ぶこと苦《くる》しく、夢魂到《むこんいた》らず関山《くわんざん》の難《なん》、長《なが》く相《あ》ひ思《おも》ひて、心肝《しんかん》を摧《くだ》く

飛びゆく我が「夢魂」が、国ざかいの山に妨げられて思慕する人のもとまで届かないことを悲しむのである。中国詩における「夢魂」がすべてこれと同じとは言えないが、そのほとんどは、我が「夢魂」が故郷に帰ったり友人のもとに至ったりして、夢に故郷や友人を見ることを詠い、または、この李白の詩句のように、何かに隔てられて、帰り、至ることができず、それらが夢に見られないことを嘆くのである。

万葉の人々が愛読した恋愛小説『遊仙窟《ゆうせんくつ》』の次の詩の夢も同じであった。

今宵《こよひ》戸を閉《さ》すこと莫《な》かれ、夢の裏《うち》に渠《かれ》が辺《あたり》に向《むか》はむ

逢瀬の翌朝に男が作った詩である。今晩は扉をとざさないでくれ。夢のうちにあの人のもとに行きたいからと詠う(なお、日本では「渠」を二人称の代名詞に解して「キミ」などと読んでいた)。

男は、わが夢の魂が無事に彼女の寝床に入り込めるように、道を隔てる戸を開いたままにしていてほしいと女の家の者に懇望する。それも「夢魂」の表現の一つであった。

万葉歌人が『遊仙窟』の詩文の影響を受けつつ歌を作ったことは、第一章(26ページ)にすでに述べたところである。大伴家持が坂上大嬢に送った次の歌もその一例とされる。

夕《ゆふ》さらば屋戸《やど》開《あ》け設《ま》けてわれ待《ま》たむ夢《いめ》に相見《あひみ》に来《こ》むといふ人を　(巻四・七四四)

日が暮れたら、戸をあけたまま私はお待ちしよう、夢に逢うために来てくれる人が通りぬけられるように……。この「夕《ゆふ》さらば屋戸《やど》開《あ》け設《ま》けて」が、さきの詩の「今宵《こよひ》戸を閉《さ》すこと莫《な》かれ」に学び、それを翻訳するようにして成った表現であることは明らかであろう。

しかし、両者のあいだには決定的な違いがあった。『遊仙窟』のその詩句が、我が夢魂がそちらに通えるように、戸を閉ざしてくれるなと詠うのに対して、家持は、あなたがこちらに来られるように、戸を開けたまま待っていようと言う。『遊仙窟』が、飛びゆく我が夢魂の見る夢を詠うのに対して、家持は、人が夢のうちに来てくれるのを待つ、いわば受け身の夢を詠うのである。

古代日本の「思われて見る夢」の思想と、中国の「夢魂」の思想とは、受動的と能動的と、その性格に、はっきりとした違いがあった。家持の「屋戸《やど》開《あ》け設《ま》けてわれ待《ま》たむ」は、その二つの思想がふれあうところに生まれた、新たな夢の表現であった。

5　別れの鏡

万葉集巻十二の「寄物陳思《きぶつちんし》」、物によせて思いを述べる歌のなかに、鏡の歌が四首並べられている。次はその最初の作。やや謎めいた雰囲気の感じられる歌であろう。

まそ鏡《かがみ》見ませ我《わ》が背子《せこ》わが形見《かたみ》持てらむ時に逢《あ》はざらめやも　（二九七八）

「まそ鏡」は澄みきった鏡の意で、鏡の美称。「見ませ我が背子」は、ごらんなさいあなたと、妻が夫に呼びかける言葉である。「わが形見」と、妻はその鏡を自分の形見として贈ったことを言う。夫と妻は別れ別れになる。おそらく、夫は旅立とうとするのであろう。

「持てらむ時に」とは、学校で教わる文法のことばで言えば、「持て」が「持つ」の命令形。「ら」が命令形に接続する完了の助動詞「り」の未然形。「む」が推量の助動詞ということになるだろう。命令、完了、推量などと言えばまたややこしい話と思われるかも知れないが、要するに、(形見の鏡を)持っている(だろう)時にということである。「逢はざらめやも」は反語の口調であり、逢わないことはない、の意である。

そのように語意を理解すれば、「この鏡をごらんなさい、あなた。この私の形見を持っている時には逢えるではありませんか」と、この歌は、いちおう訳せる。しかし、それで歌の意味が分かるだろうか。逢わないことはないと言うのだが、どんなふうに逢うのか、解釈が分かれる。形見をもっていれば共にいるのと同じだから、常に逢っていることだとする注釈書(土屋『私注』など)もあれば、形見の品として鏡をもっているかぎり、いつの日にか再会できると解釈するもの(古典集成・新編古典全集など)もある。いつも逢っているのか、または、いつか逢えるのか、まったく違う。後者の理解の方が、今日では優勢であろう。

青銅器の一つの鏡は、中国から舶載された品である。そして、鏡を旅の別れに贈ることも、じつは中国から日本に伝えられた風習であった。しかし、旅の離別にさいして特に鏡が贈りあわれた意味は、中国と日本とでは違った。中国におけるその意味には今は触れないことにして、ここでは、日本古代の別れの鏡に込められた意味合いを考えてみよう。

平安時代の和歌の例に、それは比較的明らかに見てとれるであろう。

『後撰和歌集』離別の部に次の歌が見える。

下野《しもつけ》にまかりける女に、鏡に添《そ》へてつかはしける　よみ人しらず

ふたご山ともに越えねどます鏡そこなる影をたぐへてぞやる　（一三〇七）

下野国の手前、あの上野国《かみつけののくに》のふたご山を一緒に越えることはできないが、このます鏡の底《そこ》、ほらそこに映っている私の影を、あなたに付いてゆかせようと鏡を贈ったのである。

あるいは、天上に帰るかぐや姫が、天皇に鏡を残してゆくという話もあった。それは私たち

のひろく知る『竹取物語』ではなく、中世に伝承されていた説話である。その昔話では、彼女は鶯の卵から生まれ、竹採翁《たけとりのおきな》に育てられ、やがて天智天皇の后《きさき》となる。しかし、ある日、彼女は天皇に、今は天上に帰らなければならないと告げ、不死の薬、天《あま》のはごろも、鏡を奉って、「若《も》し妾《せふ》を思はるるときは、この鏡を見るべし。鏡中必ず妾が容《かたち》有らん(もし私のことを思って下さるなら、この鏡をごらんください。鏡にはかならず私の姿がありますから)」と言ったかと思うと、たちまちその姿を消してしまったという。瑞渓周鳳《ずいけいしゅうほう》という禅僧の書き残した日記(『臥雲日件録《がうんにっけんろく》』文安四年〔一四四七〕二月二十日)に見える説話である。

さらに『源氏物語』須磨巻。紫上《むらさきのうえ》の部屋で、これから都を落ちてゆこうとする光源氏が、妻の粧鏡に痩せおとろえた自らの顔を映しながら次のように詠う。

身はかくてさすらへぬとも君があたり去《さ》らぬ鏡の影は離《はな》れじ

わが身はこうして流れていっても、あなたのそば近くにある鏡の「影」がここを離れることはありませんと言う。もちろん、その「影」とは、光源氏の姿かたちである。

光源氏自身がそれを本当に信じていたかはともかくとして、鏡にはそれに映しだされた人の姿かたちが残されるという俗信があった。それがなければ意味をなさない歌である。

鏡はその前にある物の形を一時的に映すだけだと、私たちなら考えるだろう。しかし古くは、鏡には、それに映った人の形がとどまるものと想像された。それゆえに、光源氏は妻の鏡に姿かたちを残してそばを離れるまいと詠い、かぐや姫は天皇にこれで私の姿を見てくださいと鏡を贈り、またある都人は、旅だつ人に餞別の鏡を贈って、鏡の中のわが影を同行させようと詠った。

同じように、「まそ鏡《かがみ》見ませ我《わ》が背子《せこ》」の妻も、形見の鏡の中に私はいる。これを手にして見て下さるなら、私たちはいつでも逢えるではありませんかと、夫をはげました。形見として所持していたら一緒に居るのと同じという意味でもなく、私はこの鏡の中にずっといるので、その姿をいつでもごらん下さいと詠ったのである。

古事記の天孫降臨の段。天照大神《あまてらすおおみかみ》は、蘆原中国《あしはらのなかつくに》を統治させるべく孫の邇邇藝尊《ににぎのみこと》を地上にくだした。その天下りにさいして、大神は皇孫に「八尺《やさか》の勾璁《まがたま》、鏡と草那藝剣《くさなぎのつるぎ》」を与え、

この鏡は、専《もは》ら我が御魂《みたま》として、吾《あ》が前《まへ》を拝《をろが》むが如《ごと》、いつきまつれ。

と告げる。我が御魂としてこの鏡を大切に守れと命じたのである。鏡は、それを手にした人の姿かたちを内にこめたように、その持ち主の魂を封じこめる。鏡は天照大神の御魂そのものであり、大神の身代わりであった。古代中国にはなかった鏡の考え方である。

鏡は大陸からの舶来物であった。神話にとって、鏡は外から借りられた新たな宝であった。しかし、その形見の思想は、この列島の人々の心の中に、おそらくは太古の昔から存したものであろう。

6　みずからの命を祈ること

夫を旅だたせる妻が次のように詠うこともあった。

地方官として赴任する夫を見送る妻の長歌があり、その反歌に言う、

うつせみの命《いのち》を長くありこそと留《と》まれる我は斎《いは》ひて待たむ

（巻十三・三二九二）

「うつせみの」は「命」の枕詞。「長くありこそ」の「こそ」は他への希求の意を表す終助詞。そして「斎ひて待たむ」とは、精進潔斎して神に祈ってお待ちしますと言う。

この歌も、前節の「まそ鏡」の作と同様に、言葉は平凡で、理解しやすいものだろう。しかし、この歌もまた、歌全体としての意味はとらえにくい。

解釈は、「うつせみの命」を、旅ゆく夫の命とするか、または家にのこる妻自身の命とするかで分れる。「命は、君の生命である」（武田『全註釈』）。「これはみづからの命」（澤瀉『注釈』）。妻の言葉は、まったく違った意味になる。「命を失わずに帰って下さい。」と「命を保ってお待ちします。」と、そのどちらが、夫を送り出す妻の言葉にふさわしいだろうか。

万葉集の時代の旅がいかに危険なものだったかは、旅の道で行き倒れになった人を哀悼する行路死人歌《こうろしにんか》が数多く見られることからも容易に想像できるだろう。そうならぬよう、夫が無事

に戻れるようにと妻が願うのは当然である。実際、そのように詠う送別の歌は少なくない。「平《たひら》けく　ま幸《さき》くませと」（四四〇三）、「ま幸《さき》くありこそ」（一七九〇）、「つつむことなくはや帰りませ」（三五八二）などと、妻や母は、夫や子の無事を祈った。しかし、そのような歌に「命《いのち》」という言葉が使われることは、決してなかった。妻や母にとって、夫や子の「命」こそがもっとも気がかりの対象であったことは言うまでもない。けれども、「命」とは、あまりにもあらわで、口にすることさえ、はばかられる言葉だったのではないか。

現代の私たちも、旅の別れに、「死ぬな」「命を落とすな」とは普通は言わないだろう。かならず「ご無事で」などと言うだろう。「死」はもとより、「命」も不吉な言葉である。万葉の時代においては、いま以上にそうだった。この歌の「うつせみの命」も「君の生命」ではありえないであろう。

もちろん、「命」は歌にはしばしば用いられる言葉であった。

越前国に流罪になった中臣宅守《なかとみのやかもり》と狭野弟上娘子《さののおとがみのおとめ》の相聞の歌。

わが背子《せこ》が帰り来《き》まさむ時のため命残《いのちのこ》さむ忘れたまふな　（巻十五・三七七四）

再会できる日のために、私は命を保って生きています。お忘れになるなと願う娘子の作である。

また、旅の男も「命」の長きことを祈願した。

命《いのち》をしま幸《さき》くもがも名《な》欲山《ほりやま》岩踏み平《なら》しまたまたも来《こ》む　（巻九・一七七九）

玉久世《たまくせ》の清《きよ》き川原《かはら》にみそぎして斎《いは》ふ命は妹《いも》がためこそ

（巻十一・二四〇三）

妻のために、妻と再会できるようにと、わが命のつつがなきことを神に祈ったのである。「命」は、原則的に自らの生命を言う言葉であった。それは男女のあいだの歌だけのことではなかった。親は子のために、また子は親のために、わが命を惜しむ心を詠った。

巻五の「老身《らうしん》に病《やまひ》を重《かさ》ね、年を経《へ》て辛苦《しんく》して、児等《こら》を思ふに及《およ》びし歌七首」は山上憶良作と推測される長歌と短歌六首である。その短歌の第五に、老病の親の、わが子への思いを詠う。

水沫《みなわ》なすもろき命《いのち》も栲縄《たくなは》の千尋《ちひろ》にもがと願ひ暮《く》らしつ

（九〇二）

水の泡のように、もろく、はかない命も、（栲縄の）千尋の長さであってほしいと願い続けていると言う。子の行く末を思い、いつまでもそばで守ってやりたいという親ごころである。

巻二十の信濃国の防人の歌は、家に残してきた故郷の親を思って詠う。

ちはやふる神のみ坂《さか》に幣奉《ぬさまつ》り斎《いは》ふ命《いのち》は母父《おもちち》がため

（四四〇二）

旅人は、山坂を越えるたびに峠の神に幣帛《へいはく》をささげた。この若者も、信濃から美濃へ越える神坂峠《みさかとうげ》で、帰りを待つ母と父のためにわが命が失われないようにと神に祈願した。

そのように、万葉の人々は自らの命長かれと祈った。「妹《いも》がためこそ」「母父《おもちち》がため」と、それはなによりも、愛する人たちのためであった。この妻も、あなたをお迎えするその喜びの日を、我が命をそれまで長くあらしめよと神に祈りながら、お待ちしますと詠ったのである。

7　みずから命を絶つおとめたち

万葉集巻十六は特色のある巻であり、前半には長い題詞や左注に歌の成立事情の記される恋の歌が、後半には前章に紹介した笑いの歌などが集められている。その巻頭の物語歌二首の題詞は、二人の男に求愛され、板ばさみになって自殺した娘の話を次のように語る。

昔者《むかし》娘子《をとめ》有りき。字《あざな》を桜児《さくらこ》と曰《い》ひき。時に二《ふたり》の壮士《をとこ》有り。共《とも》にこの娘《をとめ》に誂《あとら》ひて、生《せい》を捐《す》てて挌《う》ち競《あらそ》ひ、死《し》を貪《むさぼ》りて相敵《あひあた》りき。ここに娘子、歔欷《きよき》（すすりなき）して曰《いは》く、「古《いにしへ》より来今《いま》に、未《いま》だ聞《き》かず、未だ見《み》ず、一女《いちぢよ》の身《み》にして二門《にもん》に往《ゆ》き適《とつ》ぐことを。方今《いま》に壮士の意《こころ》、和平《わへい》すること難《かた》きこと有り。如《し》かじ、妾《せふ》死して相害《あひがい》すること永《なが》く息《や》まむには」といひき。尓乃《すなは》ち林中《りんちう》に尋《たづ》ね入《い》り、樹《き》に懸《さ》がりて経死《けいし》しき。その両《ふたり》の壮士、哀慟《あいどう》に敢《た》へず、血泣《けつきふ》襟《ころものくび》に漣《れん》として、各《おのおの》心緒《しんしよ》を陳《の》べて作りし歌二首

春さらばかざしにせむと我《あ》が思《も》ひし桜《さくら》の花は散り行《ゆ》けるかも　その一　（三七八六）

妹《いも》が名にかけたる桜花《はな》咲《さ》かば常《つね》にや恋ひむいや年のはに　その二　（三七八七）

桜児という娘が、自分に求婚する二人の男が命をかけて争うのに耐えかねて、自分さえいなくなれば二人が傷つくことはないのだと、林の立木に首をくくって死んだ。男たちは、血の涙

を流してそれを悔やみ、「春になったら髪に挿して飾ろうと思っていた桜の花が散ってゆくよ――春には結婚しようと思ったのに」、「彼女の名前になっていた桜の花が咲けば、毎年毎年、恋しく思い出すだろうなあ」と、それぞれ悲傷の歌を詠んだのである。

このような娘は一人ではなかった。この次には、別伝として、三人の男に求婚されて入水自殺した「縵児《かづらこ》」の話が記され、ほかの巻でも、巻九の高橋虫麻呂《むしまろ》歌集の二つの長歌には、下総国《しもつふさのくに》の葛飾《かつしか》の「真間《まま》の娘子《をとめ》」が、何人もの男たちが言い寄るさなかに入水したこと(一八〇七)、摂津国《つのくに》の葦屋《あしのや》の「菟原処女《うなひをとめ》」が、「千沼壮士《ちぬをとこ》」と「菟原壮士《うなひをとこ》」の二人の闘争を苦にして死んだこと(一八〇九)が詠われる。「菟原処女」は同じ巻の田辺福麻呂歌集の長歌(一八〇二)、また、あとで引く巻十九の大伴家持の長歌(四二一一)にも詠われ、「真間の娘子」は巻三の山部赤人《やまべのあかひと》の長歌(四三一)にも詠われる。万葉集は、そのような娘子の話を、名を変え土地を改めて、くりかえし語りつたえたのである。

自殺する女性の話はどこの国にでもあるだろう。古代中国にも、『玉台新詠』巻一、「孔雀東南飛《くじやくとうなんひ》」ともよばれる長詩には、ある村の役人の妻が、姑《しゅうとめ》に憎まれて夫のもとを追われ、泣く泣く立ち戻った実家の兄に太守の息子との再婚を強いられて、その婚礼の夜に池に入って死ぬという話が語られる。あるいは、『捜神記《そうしんき》』という説話集には、王によって夫の手から奪われた女が、衣を腐らせたうえで、高台から身を投げるという話もある。

そのほか、古代中国の詩や説話に描かれた女性の自殺は少なくないが、それらは、夫から引き裂かれ、あるいは夫に先立たれて、その末に強要された再縁を拒否する行いであった。『詩経』の鄘《よう》の国の歌、「柏舟《はくしゅう》」は、その詩の古い注釈(小序)によれば、衛の国の皇太子の共《きょう》伯《はく》の妻、共姜《きょうきょう》が、夫の早世の後、再婚をせまる両親に対して、「義を守る」わが心を訴えて、それを拒んだ作だという。それに次の二句がある。

実《まこと》に維《こ》れ我が儀《つれあひ》
死に之《いた》るまで矢《ちか》ひて它靡《たな》し

あの方こそ我が夫。ほかの人に縁づくことは死ぬまでないという固い誓いである。

そして、その共姜の「守義」にならうかのように、古代中国の文学における女性たちは夫への節操をつらぬこうとした。それがかなわなければ、みずからの命を絶つこともいとわなかったのである。

それに対して、万葉集の「桜児」たちは、すべて未婚のおとめたちであった。彼女らには守るべきいかなる義もなかった。それにもかかわらず、惜しげもなく命をすてた。

それはなぜだろう。彼女たちは何を、どのように考えたのだろうか。

巻十九、大伴家持が後に「菟原娘子《うなひをとめ》」のその心を思いやって次のように詠う。

処女《をとめ》の墓《はか》に追同《ついどう》せし歌一首

古《いにしへ》に　ありけるわざの　くすばしき(不思議な)　事と言ひ継《つ》ぐ　千沼壮士《ちぬをとこ》　菟原壮士《うなひをとこ》の　うつせみの　名を争《あらそ》ふと　たまきはる　命《いのち》も捨てて　争ひに　妻問《つまど》ひしける　処女《をとめ》らが　聞けば悲しさ　春花《はるはな》の　にほえ栄《さか》えて　秋の葉の　にほひに照れる　あたらしき(惜しい)　身の盛《さか》りすら　ますらをの　言《こと》いたはしみ　父母《ちちはは》に　申《まを》し別れて　家離《いへざか》り　海辺《うみへ》に　出《い》で立ち　朝夕《あさよひ》に　満ち来る潮《しほ》の　八重波《やへなみ》に　なびく玉藻《たまも》の　節《ふし》の間《ま》も　惜しき命を　露《つゆ》霜《しも》の　過《す》ぎましにけれ(亡くなってしまった)　奥《おく》つ城《き》(墓)を　ここと定《さだ》めて　後《のち》の世の　聞き継《つ》ぐ人も　いや遠《とほ》に　偲《しの》ひにせよと　黄楊小櫛《つげをぐし》　然挿《しかさ》しけらし　生《お》ひてなびけり(しのび草として墓に挿されたツゲの櫛が、成長してなびいている)　(四二一一)

二人の男の争いのさなか、彼女は海に入って死んでしまった。美しく、惜しい身の盛りを自らすてさった娘子のその心を、この歌は、「ますらをの言《こと》」、二人の男の求婚の言葉、それを「いたはしみ」、お気の毒に思って、つまり、その双方ともに応えることができないのを申し訳なく思ってのことだったと詠うのである。

なんという、やさしい、よわい心だろうか……。

しかし、このおとめたちの子孫は、ながく日本の文学史のなかに生き続けた。

『大和物語』の第百四十七段は「菟原娘子《うなひをとめ》」の平安時代の姿を語る。求愛する二人の男の容貌、人柄、心ざしが同じようで、どちらかを選びかねて悩んだ若い女は、二人に生田《いくた》川の水鳥を射させて射あてた方に決めるようにという親の言いつけに従ったものの、彼らの矢が鳥の尾と頭とを同時に射ぬくに及んで、川にずぶりと身を投げいれてしまう。

また『源氏物語』浮舟巻は、浮舟の入水を語る。彼女は、薫君、匂宮という二人の高貴な男によって、それぞれ強引に関係を結ばされる。『万葉集』の桜児が述べたような「一女《いちぢよ》の身《み》にして二門《にもん》に往《ゆ》き適《とつ》ぐ」さまに追い込まれたのである。

どちらに従うことにしても、どちらにとってもたいそう不幸なことが起こる。私ひとりがこの世からいなくなれば、それでことは穏やかにすんでしまうのだ。そう心づいた浮舟は、生田川の娘の話を思いだしながら、宇治川に身を投げることを決意する。

とてもかくても、ひとかたひとかたにつけて、いとうたてあることはいで来《き》なむ。わが身一つの亡《な》くなりなむのみこそめやすからめ。昔は、懸想《けさう》する人のありさまの、いづれとなきに思ひわづらひてだにこそ、身を投ぐる例《ためし》もありけれ……

そのような娘は、謡曲「求塚《もとめづか》」にも、また近代には森鷗外の戯曲「生田川」にも描かれ、夏目漱石『草枕』の「余《よ》」も、茶店の婆さんから、懸想《けそう》された二人の男の「どちらへも靡《なび》きかねて、とうとう」「淵川《ふちかは》へ身《み》を投《な》げて果《は》て」たという「長良《ながら》の乙女《をとめ》」の話を聞かされる。

余《よ》はこんな山里《やまざと》へ来《き》て、こんな婆《ばあ》さんから、こんな古雅《こが》な言葉《ことば》で、こんな古雅《こが》な話《はなし》をきかうとは思《おも》ひがけなかつた。

8　昔も今も、後の世も

中大兄皇子、すなわち後の天智天皇の御歌に、大和の三山を詠った有名な作がある。

中大兄《なかのおほえ》　近江宮《あふみのみや》に宇御《あめのしたをさ》めたまひし天皇《すめらみこと》の三山《さんざん》の歌一首

香具山《かぐやま》は　雲根火雄男志等《うねびををしと》　耳梨《みみなし》と　相争《あひあらそ》ひき　神代《かみよ》より　かくにあるらし　古《いにしへ》も　然《しか》に

あれこそ　うつせみも　妻《つま》を　争《あらそ》ふらしき　（巻一・一三）

三つの山が、まるで人のようにたがいに恋愛し、争いあったという伝説を詠うものである。

右には、第二句を原文の万葉仮名で示した。「うねびををしと」と読むには違いないが、それをどう解釈するか、歌意をどう取るか、今もなお、その結論の定まらない難解な歌である。

「雄男志等《ををしと》」は、古くは「雄々しと（男らしいと）」と理解された。その上で、もともと耳梨山（男）に心を許していた香具山（女）が、のちに求愛をうけた畝傍山（男）を雄々しい山と思って、心がわりしたので、耳梨と畝傍の二つの男山があい闘うことになったと解釈したり（仙覚『万葉集註釈』）、また香具山（女）をば、畝傍（男）の雄々しい山と、耳梨（男）とが争ったと考えたりした（契沖『万葉代匠記』）。あるいは、近代になってからは、香具山（女）が畝傍（男）を雄々しいと思って、耳梨（女）と争ったと解釈する説（折口信夫『口訳万葉集』）も生まれた。しかし、仙覚説の女の移り気、折口説の女ふたりが男ひとりを争う関係は、実際の人の世には当たり前にあるものだろうが、神話や万葉の相聞歌の世界では、ほかに類例が見られない。また、契沖のように、「香具山は」を「香具山をば」とするのは、語法的に、いかにも苦しい解釈である。「雄々しと」の読みでは、どのように考えても、うまく理解できないのである。

そこで、「雄《を》男《を》志《し》等《と》」を「雄々しの義にはあらで、雲根火を愛《ヲシ》との意也」(木下幸文『亮々草紙《さやさや》』二)などとする江戸時代後期の説が顧みられる。最近の注釈書では、その解をとるものが多い。「愛《ヲシ》」とは、惜しむこと。執着することである。そのように、「香具山は　畝傍を惜《を》しと　耳梨と　相争ひき」と読めば、香具山(男)が畝傍(女)を手放すのが惜しいと、耳梨(男)と争ったという歌意に解釈することができるであろう。

「雄」という文字を格助詞「を」の表記にあてることは、この歌の近くにも例がある(一七)。また、香具山(男)の「惜し」という思いを「男志」と表記することも不自然ではないだろう。ただし、大和三山の姿を藤原宮跡あたりから近くに見れば、香具山、耳梨山にくらべて畝傍山の方に、より男性的な印象があるとだれもが感じるであろう。三山はいずれも低い山だが、それでも畝傍はほかよりは頭ひとつ高く、山容も雄大に見える。しかし、それも、見る場所によって印象が異なる。たとえば、三山の東北、古い宮都のあった三輪山のふもと付近から見れば、遠くはるかに、香具山と耳梨山のあいだに畝傍山が望める。横に並んだその三山の景からは、二つの男山が畝傍の女山をはさんで争いあうという想像が容易に生まれるだろう。岩手県にある同様の三つの山にもそれに似た伝説があるという。畝傍(女)を二つの男山が争ったとすることが、やはりもっとも自然な解釈に感じられるであろう(吉永登「三山の歌の否定的反省」『万葉文学と歴史のあいだ』)。

男ふたりが女ひとりを争うという神話は、たとえば「秋山之下氷壮夫《あきやまのしたひをとこ》」と「春山之霞壮夫《はるやまのかすみをとこ》」の兄弟が「伊豆志袁登売《いづしをとめ》」を得ることを競った(古事記・応神)という話がある。神話や伝説では、そのような男女の関係がくりかえし語られてきた。万葉集にも、前節で紹介した「桜児」や「菟原処女」らの話があった。三山の歌も、そのような例の一つとみるべきであろう。「三山の歌」が「神代《かみよ》より……」とうたうのも、男が女を争いあうことは、神代から「うつせみ(この現世)」まで変わらない、人の世のつねだと言うのである。

神代から変わらないのは、人を恋する心、また恋することの苦しさも、同じであろう。

柿本朝臣人麻呂《かきのもとのあそみひとまろ》の歌四首(その二)

古《いにしへ》にありけむ人も我《わ》がごとか妹《いも》に恋ひつつ寝《い》ねかてずけむ　(巻四・四九七)

昔の人も、今の私のように、妻を恋しく思って眠れなかっただろうか、と詠うのである。変わらないのは恋の心だけではない。

「柿本朝臣人麻呂の歌集」の歌に、これと上句を同じくして次のように詠うものがある。

葉《は》を詠《よ》みき

古《いにしへ》にありけむ人も我《わ》がごとか三輪《みわ》の檜原《ひばら》にかざし折《を》りけむ

（巻七・一一一八）

三輪の檜原で枝葉を折って髪に挿して遊ぶさなかに、これは今だけの行楽ではなく、昔の人も同じように楽しんだことだろうかと、ふと思ったのである。

人麻呂歌集には、ほかにも、

麻呂《まろ》の歌一首

古《いにしへ》の賢《さか》しき人の遊びけむ吉野の川原《かはら》見れど飽《あ》かぬかも

（巻九・一七二五）

もある。昔の人がめでたはずのこの景色は、なるほど今も見飽きないものだと感じた。昔の人の楽しみは、今の楽しみでもある。人の心は、今も昔も変わらない。昔から今へはひと続きの時間だと考えたのである。

柿本朝臣人麻呂の筑紫国《つくしのくに》に下《くだ》りし時に、海路《かいろ》にして作りし歌二首（その二）

大君《おほきみ》の遠《とほ》の朝廷《みかど》とあり通《がよ》ふ島門《しまと》を見れば神代《かみよ》し思《おも》ほゆ

（巻三・三〇四）

天皇が都から遠くに置いた朝廷（大宰府）に通い続ける海峡を見ると、はるかに神代のことが思われると詠う。「あり通ふ」、つまり通い続けるとは、人麻呂自身のことではなく、役人たちが昔から今まで通い続けていることである。筑紫へのその船旅は、おそらく人麻呂にとって初めての経験だったろう。それなら、海山の景色をめずらしく詠ってもいいし、故郷の妻への恋ごころを詠ってもよかった。しかし、人麻呂は、この海峡を経て大宰府に通ったはずの数えきれぬほどの古人たちを思った。神代から今にいたるはるかな時間を思った。今の今を、神代から長くつづく永遠の時の上に思い、そこに深い感慨をいだいたのである。

もういちど、さきほどの恋の歌を引いてみよう。

古《いにしへ》にありけむ人も我《わ》がごとか妹《いも》に恋ひつつ寝《い》ねかてずけむ　（巻四・四九七）

昔の人も、今の私と同じように、妻を思って眠れなかっただろうかと詠う。恋の激情にとらわれる人は、眠れない、泣くばかりだ、死にそうだなどと訴えるものである。ところが、この歌は、眠れぬ夜を過ごしながら、このような恋も、おそらく昔の人が同じように味わってきたものだろうと思索する。永遠の時の上におのれを置いて、静かにかえりみたのである。

「人麿はものを感じるに、空間的に、感覚として感じるだけにとどまらず、時間的に、永遠の時の流れの上に泛《うか》べて感じる人」（窪田『評釈』）であった。むろん、人麻呂だけではなく、さきの「三山歌」の中大兄もそうだったのだが、それにしても、人麻呂の時間の感覚、永遠の直覚には独特の鋭さがあった。人と人の世の不変の確信が、人麻呂にはあった。

今のみのわざにはあらず古《いにしへ》の人そまさりて音《ね》にさへ泣きし　（巻四・四九八）

前の歌の返歌のようにして人麻呂は重ねて詠う。苦しい恋は今だけのことではない。昔の人はさらに苦しく声さえあげて泣いたものだと、自ら心を慰めた。程度の差こそあれ、恋の苦しみは同じだ。今も昔も、人の心には変わりはない。人麻呂はそう感じとったのである。

もちろん、今日の私たちは人に思われてその夢を見るとは考えないだろうし、人の姿かたちや魂が鏡に宿るとも思わない。世とともに、人の心が変化してきたことは疑いない。しかし、それらをも含めて、万葉集のほとんどの歌は、私たちには理解できる。人の心は変化しつつ、その本質は変わらないからである。

我《あれ》ゆ後生《のちう》まれむ人は我《あ》がごとく恋する道《みち》に遇《あ》ひこすなゆめ（巻十一・二三七五）

これも人麻呂歌集の作である。私よりも後に生まれるだろう人たちは、私のように、恋の道にぶつかってはならないよ。こんな苦しい目は、後の世のどなたも味わうべきではない……。

おのれの今の恋の苦しさを訴える歌である。

しかし、恋の心が、昔も今も、そして後の世まで変わらぬことを見ぬいてこう言うのである。

万葉集の歌には、喜びも悲しみもある。もとより悲しみをうたう方が多く、恋の歌がそのなかば以上を占める。家の妻子や父母をひたすらに思う旅人の作があり、夫や妻や子の死をなげく挽歌も少なくない。それらは、言わば、人として避けようのない深い悲しみをうたうものであった。しかし、そのいっぽう、春や秋の訪れを心わきたつ思いで喜び、花や黄葉をめで、また大笑いのうちに楽しんだ歌もある。

それらのすべてを含んで、万葉集の歌には、人が一生のうちに味わうべき喜怒哀楽のほとんどが、うぶなさまに、しかしゆるぎのないかたちで、示されている。

人麻呂が洞察したように、人の心が昔も今も、また後の世までずっと変わらないものなら、万葉の人びとの喜びと悲しみは、私たちの喜びと悲しみにほかならないだろう。

万葉集に出会うとき、私たちは、私たちの心に出会うのではないか……。

あとがき

小学六年か中学三年の国語の授業で万葉集の歌を習ったはずなのに、それがどんな歌だったか、まるで覚えがない。万葉集を習ったことすら、記憶にない……。

そんなぼんやりが、どうして「万葉集に出会う」というこの本を作ることになったのか。自分でも不思議なことに思う。

三十年あまりの昔、学生時代の恩師、故佐竹昭広先生に勧められて、新日本古典文学大系の万葉集の校注作業に加わった。江戸時代の儒学の勉強から学業を始め、そのころは国文学と中国文学との比較研究に指を染めていたので、題詞の漢文、そして少数ながらふくまれる漢詩や漢文の作品の注釈を担当し、また、歌と中国詩文との関わりについても何か書くことが期待されているのだろう。それなら、すこしの貢献は可能かも知れないと思った。

ところが、いざ仕事が始まってみると、ほかの共著者と巻を分担し、歌をふくめた全作品の訳注の礎稿を作ることを求められて、とほうにくれた。佐竹先生の厳しい斧正をあとで受けるものとはいえ、十分な学力のないままの歌の注釈づくりは、あやうく、苦しい作業の連続となった。

その反面、しろうとの眼で見た万葉集の歌の数々は、衝撃的なまでに新鮮だった。

本書の第五、第六章の短文の多くは、そのころにおどろき見た万葉歌の粗描である。

十年以上もつづいた新大系の仕事がやっと終わって数年がすぎたころ、その訳注をもとに岩波文庫の万葉集を作ることを依頼された。共著者の一人の日本古代史の山田英雄氏はすでに亡く、佐竹先生も病中だったので、工藤力男《りきお》氏、山崎福之《よしゆき》氏とともにそれにあたることになった。こんどは、私が作った礎稿を回覧し、お二人の添削をうけたうえで完成させることにした。

新大系を下敷きにするのだからそれほど手間はかからない。それなら原稿作りは一人でできるし、そのほうが進めやすいと考えたのだが、これがたいへんなまちがいだった。

いろんな苦労があったが、なによりも、時をへて、新たな気持で万葉集の歌にむきあってみると、新大系では少しの疑いもなく従い、またはいささかの不審をいだきつつもそれに拠った通説的な歌の読みや解釈が、にわかにあいまいに、またはいよいよ疑わしく感じられることがあいついで、その対処に窮した。

第一章にとりあげた志貴皇子の「さわらび」の歌、第四章の人麻呂の狩りの歌がその例だが、いずれも江戸時代なかばの賀茂真淵が考案した読みと解釈が今日まで変わらない通説である。その形の歌が国語教科書に採用され、ひろく親しまれている。真淵の改訓を疑い、否定することは、その名歌を消し去ることである。それでいいのか。それが許されるか……。

ほかの二人にも相談し、議論をくりかえし、立ちすくんだすえに、結局は、自分がより正しいと信じる読み、解釈を示すほかに道はないと思いさだめた。

そして、それらの読みと解釈をえらんだ理由をより分かりやすいかたちで世に示すことが、おおげさなことと笑われもしようが、みずからの社会的責務になったと考えた。

一昨年の暮れ、その思いを、文庫製作のさいの編集者の清水愛理《えり》さんを介して新書編集部の古川義子さんに伝え、どんなことが書きたいのか、そのあらましを送ると、やがて「万葉集に出会う」という書名の案がかえってきた。思いがけないその書名に目をみはったが、つくづくその七文字を眺めているうちに、この本で伝えたいことのすべてが、そこに尽くされているような気がしてきた。

古川さんはその書名を置土産にほかの部署に異動され、あとは飯田建氏《はんだたける》のお世話になった。佐竹先生から飯田氏まで、感謝の思いを伝えなければならない方々のお名前を、いま指折り数えているところである。

令和三年六月

大谷雅夫

（追記）　本書の各章、各節の多くは、既発表の以下の拙稿と内容の重なるものである。
ご参照くだされば さいわいである。

第一章　さわらびの歌

万葉集を読むために（岩波文庫『万葉集』㈠・解説、二〇一三年）

名歌を読み直す――「いはそそく」補説（隔月刊「文学」第十四巻第三号、二〇一三年）

第二章　「心なきものに心あらすること」――擬人の表現

「万葉集」書名の考察（「文学」第五十六巻第六号、一九八八年）

『万葉代匠記』の思想（第15回若手研究者支援プログラム「近世万葉学――契沖を中心に――」報告集、奈良女子大学古代学・聖地学研究センター、二〇二〇年）

第三章　「家もあらなくに」――旅人の恋

万葉集の恋の歌（岩波文庫『万葉集』㈣・解説、二〇一四年）

第四章　柿本人麻呂の狩猟の歌

万葉集を読むために（岩波文庫『万葉集』㈠・解説）

柿本人麻呂の狩りの歌一首――『万葉集』四八番歌小考――（「国語国文」第八十九巻第六号、二〇二〇年）

第五章　笑いの歌

第二節　愚人の歌

『万葉集』の訓詁三題――「灰にていませば」（三一三）・「ある愚人」（三八七八左注）・「大島の嶺に

家もあらましを」(九一)――(「美夫君志」第百一号、二〇二〇年)

第六章　万葉のこころ

第一節「父母《ちちはは》も花にもがもや」

万葉集の恋の歌(岩波文庫『万葉集』(四)・解説)

第四節　思われて見る夢

夢(『歌と詩のあいだ――和漢比較文学論攷――』岩波書店、二〇〇八年)

第五節　別れの鏡

形見の鏡(同右)

第六節　みずからの命を祈ること

恋と命――うつせみの命を長くありこそと(隔月刊「文学」第八巻第五号、二〇〇七年)

第七節　みずから命を絶つおとめたち

「もののあはれ」を知る道(隔月刊「文学」第四巻第四号、二〇〇三年)

第八節　昔も今も、後の世も

柿本人麻呂の恋の歌一首――いにしへにありけむ人も我がごとか(「国文学　解釈と教材の研究」第四十一巻第十二号、一九九六年)

大谷雅夫

1951年生まれ．京都大学名誉教授
専攻―国文学
著書―『和漢聯句の楽しみ――芭蕉・素堂両吟歌仙まで』(臨川書店)，『万葉集』訳文篇5巻，原文篇2巻(共著，岩波文庫)，『歌と詩のあいだ――和漢比較文学論攷』，『新日本古典文学大系明治編2　漢詩文集』(共著)，『新日本古典文学大系1-4　万葉集』(共著)，『新日本古典文学大系65　日本詩史　五山堂詩話』(共著，以上岩波書店)ほか

万葉集に出会う　　岩波新書(新赤版)1892

2021年8月20日　第1刷発行

著　者　大谷雅夫《おおたにまさお》

発行者　坂本政謙

発行所　株式会社 岩波書店
〒101-8002 東京都千代田区一ツ橋2-5-5
案内 03-5210-4000　営業部 03-5210-4111
https://www.iwanami.co.jp/

新書編集部 03-5210-4054
https://www.iwanami.co.jp/sin/

印刷・精興社　カバー・半七印刷　製本・中永製本

ISBN 978-4-00-431892-7　　Printed in Japan

岩波新書新赤版一〇〇〇点に際して

ひとつの時代が終わったと言われて久しい。だが、その先にいかなる時代を展望するのか、私たちはその輪郭すら描きえていない。二〇世紀から持ち越した課題の多くは、未だ解決の緒を見つけることのできないままであり、二一世紀が新たに招きよせた問題も少なくない。グローバル資本主義の浸透、憎悪の連鎖、暴力の応酬――世界は混沌として深い不安の只中にある。

現代社会においては変化が常態となり、速さと新しさに絶対的な価値が与えられた。消費社会の深化と情報技術の革命は、種々の境界を無くし、人々の生活やコミュニケーションの様式を根底から変容させてきた。ライフスタイルは多様化し、一面では個人の生き方をそれぞれが選びとる時代が始まっている。同時に、新たな格差が生まれ、様々な次元での亀裂や分断が深まっている。社会や歴史に対する意識が揺らぎ、普遍的な理念に対する根本的な懐疑や、現実を変えることへの無力感がひそかに根を張りつつある。そして生きることに誰もが困難を覚える時代が到来している。

しかし、日常生活のそれぞれの場で、自由と民主主義を獲得し実践することを通じて、私たち自身がそうした閉塞を乗り超え、希望の時代の幕開けを告げてゆくことは不可能ではあるまい。そのために、いま求められていること――それは、個と個の間で開かれた対話を積み重ねながら、人間らしく生きることの条件について一人ひとりが粘り強く思考することではないか。その営みの糧となるものが、教養に外ならないと私たちは考える。歴史とは何か、よく生きるとはいかなることか、世界そして人間はどこへ向かうべきなのか――こうした根源的な問いとの格闘が、文化と知の厚みを作り出し、個人と社会を支える基盤としての教養となった。まさにそのような教養への道案内こそ、岩波新書が創刊以来、追求してきたことである。

岩波新書は、日中戦争下の一九三八年一一月に赤版として創刊された。創刊の辞は、道義の精神に則らない日本の行動を憂慮し、批判的精神と良心的行動の欠如を戒めつつ、現代人の現代的教養を刊行の目的とする、と謳っている。以後、青版、黄版、新赤版と装いを改めながら、合計二五〇〇点余りを世に問うてきた。そして、いままた新赤版が一〇〇〇点を迎えたのを機に、人間の理性と良心への信頼を再確認し、それに裏打ちされた文化を培っていく決意を込めて、新しい装丁のもとに再出発したいと思う。一冊一冊から吹き出す新風が一人でも多くの読者の許に届くこと、そして希望ある時代への想像力を豊かにかき立てることを切に願う。

（二〇〇六年四月）

文学

武蔵野をよむ	赤坂憲雄
原民喜 死と愛と孤独の肖像	梯久美子
中原中也 沈黙の音楽	佐々木幹郎
戦争をよむ 70冊の小説案内	中川成美
夏目漱石と西田幾多郎	小林敏明
正岡子規 人生のことば	復本一郎
『レ・ミゼラブル』の世界	西永良成
北原白秋 言葉の魔術師	今野真二
文庫解説ワンダーランド	斎藤美奈子
俳句世がたり	小沢信男
漱石のこころ	赤木昭夫
夏目漱石	十川信介
村上春樹は、むずかしい	加藤典洋
「私」をつくる 近代小説の試み	安藤宏
現代秀歌	永田和宏
言葉と歩く日記	多和田葉子
近代秀歌	永田和宏
杜甫	川合康三
古典力	齋藤孝
食べるギリシア人	丹下和彦
和本のすすめ	中野三敏
老いの歌	小高賢
ラテンアメリカ十大小説	木村榮一
王朝文学の楽しみ	尾崎左永子
正岡子規 言葉と生きる	坪内稔典
文学フシギ帖	池内紀
ヴァレリー	清水徹
白楽天	川合康三
ぼくらの言葉塾	ねじめ正一
季語の誕生	宮坂静生
和歌とは何か	渡部泰明
小林多喜二	ノーマ・フィールド
いくさ物語の世界	日下力
漱石 母に愛されなかった子	三浦雅士
中国の五大小説 上 三国志演義・西遊記	井波律子
中国の五大小説 下 水滸伝・金瓶梅・紅楼夢	井波律子
中国名文選	興膳宏
小説の読み書き	佐藤正午
森鷗外 文化の翻訳者	長島要一
英語でよむ万葉集	リービ英雄
源氏物語の世界	日向一雅
花のある暮らし	栗田勇
読書力	齋藤孝
一億三千万人のための小説教室	高橋源一郎
ダルタニャンの生涯	佐藤賢一
花を旅する	栗田勇
一葉の四季	森まゆみ
西遊記	中野美代子
中国文章家列伝	井波律子
翻訳はいかにすべきか	柳瀬尚紀
太宰治	細谷博
隅田川の文学	久保田淳